顾问 **刘慈欣**

科学家带你读科幻

万物互联

主编 吴 岩 • 尹传红 • 顾 备

江 波 等 著

少年儿童出版社

序（一）

　　许多人看科幻作品，感觉特别神奇。从来没有到达过的世界，从来没有听说过的社会，从来没有见过的人，从来没有走过的路……科幻似乎是一条通达想象世界的宽阔大道，带着我们离开自己的身体，穿过空间的夹层，到达另一个"渴"望却不可即的维度或空间。

　　如果你也是有这种感觉的人，那么拿到这套书就会非常兴奋。因为，它跟你的思维和兴趣高度吻合，会让你在想象力和科技的世界中继续遨游。

　　科幻作品是一种现代社会才产生的文学。据说，至今只有两百多年历史。但这两百年却是人类社会浓墨重彩的两百年。因为，我们的生活方式、认知方式和行为方式都发生了前所未有的变化。温饱不足的问题正在被彻底铲除，愿望变成现实的速度正在加快。到了21世纪第三个十年快开始的时候，我们已经在考虑怎么快速地跟与我们擦肩而过的未来握手致意的事情了。

　　也恰恰因为走入了这样的时代，让我们更加无法离开科幻文学。

科幻是现代生活的描述者。她带着我们观察世界的变化，观察未来的蛛丝马迹。当然，这种观察不一定都是赞叹，也可能有所批判。我们用科学做过许多好事，也有许多不当心、不慎重的时候。所以，当科学进入生活，我们都应该睁开双眼细心观察才对。

　　科幻还是未来的谋划者，她给我们有用的方法，帮助我们设计宇宙、地球、国家和自己的未来。同样，这种设计有好有坏。但至少有一点大家可以放心，科幻小说是用文字写成的，我们在这里尝试用文字设计，尝试用文字修改，我们还没有真实地去落实。所以，请牢牢记住这样的话：有所为有所不为。设计是为了创造更好的未来。

　　最后，科幻还是一种心灵的抚慰剂，它让我们在嘈杂紧张的当代生活中找到温馨，找到快乐。当然，不小心也能找到担忧，甚至找到恐惧。无论你找到了什么，都应该知道，科幻是情绪的缓冲剂，我们需要这些缓冲，让我们从现实生活中抬起头，能从星空浩瀚的层面上观察自己，也观察世界。

　　过去的几十年里，科幻作品已经逐渐从以小说为主发展到以电影为主了。电影有更好的视听呈现手段，能让我们身临其境。所以，读者朋友可以结合书中的内容，再去寻找可能的影视资源来欣赏。老话"行万里路读万卷书"在今天的科技时代，已经可以在足不出户、"大字不识"的状态下完成了。不相信吗？VR创造的真实世界，完全不用离开自己的小天地。有高科技的语音设备，不懂的语言照样能进行理解。

等到下一个十年，我们的世界又会怎样？

无论怎样，我们应该做好面对的准备。而最好的准备，就是从阅读面前的科幻开始。

是为序。

科幻作家　吴岩

南方科技大学科学与人类想象力研究中心主任

2019年10月24日

序（二）

请想象一下曾经真实出现过的一个场景：

在美国纽约曼哈顿第六大道的人行道上，一位中年男士对着手中一个有些像童靴的玩意儿，一边大喊大叫，一边蹦蹦跳跳，差点儿撞上了一辆出租车。

时间定格在1973年4月3日。那个中年人名叫马丁·库珀。他手中的"试验品"，便是最"原始"的手机。

库珀后来回忆说，关于移动电话，他最初的模糊想法始自20世纪60年代。当时想象的是它属于未来的科幻世界——有朝一日，人们一出生就分配到一个电话号码，他们可以把通信器材放到口袋里，四处走动。其灵感或许就来自于当时流行的科幻电视剧《星际迷航》，剧中有类似这样的诱人场景。

的确，许多技术在开始的时候就像科幻故事中的情节一样。事实上，我们今天所生活的世界，在很大程度上是诸多幻想家在几百年前着力描述过的世界。从幻想到现实，人类的思维和智慧划出了一条不平凡的轨迹。

特别是，伴随着科学探索的进程所萌生的科学幻想，从诞生伊始便是科学发现、技术创造和创新思维的原动力之一。在现代科学出现之后，科学与科学幻想更是呈现出一种互动互促的关系，并以一种特殊的方式跟文学结合在一起，从而成就了科幻小说这一崭新的文学类型。

自20世纪以来，科学与科幻小说两者之间的双向交流与渗透日趋深入。科幻小说提出思想，激励着科学家解决现实世界中的问题。科学家把这些思想纳入到自己的理论中，进行深入的探究，把今天的科学幻想变成明天的科学现实。

身为发明家兼科幻作家的雨果·根斯巴克——当今科幻界鼎鼎有名的"雨果奖"就是以他的名字命名的，于1926年创办的世界上第一本纯科幻小说杂志《惊奇故事》上印有这样一句广告词："今日夸大的幻想，明日冷酷的事实"。他所定义的科幻小说的三个基本要素，大致也彰显了科学幻想的功能："浪漫传奇"——一种叙事架构或惊悚冒险；"科学事实"——融入故事中的对现有科学原理的大段说明；"预言式愿景"——对可能的新科学发现或发明进行的细节性描述。

科幻小说实际上也是在创造一种替代性的历史或情

境，是一种探究各种可能形态的"思想实验"，是一种瞻望未来图景、启迪创新思维、开阔思路视野、系念明天生活的文学。

幻想是思维的翅膀，科学才使人真正飞翔。很难说有什么是不可能的，因为昨天的梦想，就是今天的希望和明天的现实。

呈现在读者朋友面前的这套书所描述的，正是科学与科幻小说探索已知和未知世界的奇妙旅程。

科幻作家 尹传红

《科普时报》总编辑、中国科普作家协会常务副秘书长

2020年4月9日

讲故事的机器人 · 飞氘 ·

讲故事的机器人

从前，有一位国王，不爱江山和美人，只喜欢听故事，因此在宫中养了一批讲故事的人。可是每个人的故事都是有限的，当讲完了他所知道的全部故事，国王就把他流放到很远的地方。日子久了，没人敢给国王讲故事了。

于是国王召集了天下最聪明的科学家，让他们制造了一个会讲故事的机器人。开始的时候机器人讲故事很生硬，不过它具有不断学习的能力，可以在科学家的指导下慢慢地自我完善，讲故事的水平越来越高。机器人的脑袋里装下了世界上所有有趣的故事，每天国王处理朝政累了就让机器人为他讲一个故事，否则就会感到不舒服。国王睡觉之前也要听两三个小小的故事，不然就会失眠。

有一天国王躺在舒服的龙床上，闭上眼睛准备享受一个奇妙的故事。机器人开始讲了："在一个遥远的小镇上，有一个出了名的盗贼，人送外号克利克……"国王皱起眉，睁开眼睛打断了机器人："这个故事已经讲过了，换一个吧。"于是机器人又开始讲了："从前有一个国王，认了一头猪做自己的儿子……"虽然机器人的声音很滑稽，但是国王的眉头又皱了起来："看来我没有说清楚，请讲一个从没有讲过的故事。"说完又闭上眼，多少有些不快。

机器人沉默起来，它认真检查脑袋里的数据库，结果发现每一个故事都已经讲过了。"这么说你也已经没有什么新玩意儿了吗？"国王若有所思地说，然后想了一会儿，忽然问："你能不能给我编一个故事呢？"

于是科学家又忙碌起来，他们把机器人的大脑容量大大地扩充，让它可以进行更复杂的运算，然后就努力地教它什么叫作"虚构"，最后机器人终于理解了为什么不存在的事情也可以编造出来，完成了从陈述到虚构的突破。虽然它编的第一个故事糟糕透顶，但是大伙儿还是为了这个了不起的进步喜悦非常。

机器人的学习能力很强，在科学家的指导下，它把那些精彩的故事全部分析了一遍，然后建立了一个数学模型，就是后来很著名的"故事定律"，但是这个定律的数学形式过于复杂，只有机器人才能求出近似解。按照故事定律，机器人不断练习，终于编出了第一篇优美的故事，国王听了之后很满意，并且下了命令："记住：你只能把最优秀的故事讲给我听。"

通常，国王心情好的时候，机器人会声情并茂地讲述一个伤感的故事，好心的国王听了就会哀叹一声，为故事中不幸的人们感到难过，甚至会因此颁布一些临时的法令，来减轻人民的负担。国王情绪糟糕的时候，机器人则绘声绘色地讲上一个滑稽的故事，国王听了，笑得眼泪都流出来了，怒气渐渐平息，大臣们也就松了一口气，天下因此太平了许多。

机器人编故事的水平越发高超，已经超过了世界上最优秀的作家。由于数学运算的严谨性，它的故事从来都只有最简练的形式，没有任何的拖泥带水，而故事定律的复杂性又避免出现千篇一律的情况，有一些故事堪称经典，连国王有时也愿意再听一遍。不过在形式上，机器人似乎坚持着某种可爱的古典主义，它的每一篇故事都以"从前"开头，以"这就是一切了，陛下"结束。因此，每当国王扔下手中的奏折，说"请开始吧"，机器人就会用柔美的声音说"从前"，这时候整个王宫安静下来，每个人都安分地待在自己的位置上，屏住呼吸，不敢发出打扰国王的声音，直到听到那句"这就是一切了，陛下"，侍者们才长出一口气，谨慎地提醒国王应该休息了。

日复一日，机器人不断地生产着新的故事。但国王是一个聪明的人，即使那些故事彼此之间有着巧妙的差别，仍然可以从中隐约感受到某种一成不变的东西，于是有一天，心情很坏的国王命令道："请给我讲述一个天下最奇妙的故事吧。"

一切顿时安静下来，可这一次，机器人却没有马上说"从前"，而是沉默起来。国王尽量耐心地等待着，整个王宫开始变得不安，所有的嫔妃和侍者都在祈祷，希望机器人能够顺利地讲出这个举世无双的故事，否则国王就要发怒了。终于他们如愿以偿地听到了那句"从前"，所有人放下心来。

　　"从前，有一个天才的国王，为了君临天下，用世界上最锋利的武器打造了一群无坚不摧的战士。"故事在慢慢地进行下去，王宫里的人都入了迷，国王也暂时忘了一切，专心地听着。"战士们历尽了艰辛，消灭了一个又一个的强敌和怪兽，经历了许多离奇的遭遇，征服了一座又一座城池，终于来到了最后一个国家。那里的国王同样是一位天才，他用天底下最坚硬的材料建立了一道坚不可摧的城墙。分胜负的时候到了，两位国王互相点头致意之后，勇敢的战士便举着长枪冲向了那道城墙……"

　　机器人的声音停住了，正急切想要听下去的国王顿时从故事中回过神，疑惑而不容置疑地命令道："讲下去。"机器人的双眼闪动了一阵，仍然没有开口。国王的口气变得强硬起来："你为什么停下来？"整个王国都在战栗，机器人却平静地回答："陛下，这个故事可以有两种结局，我还没有计算出哪一种才是最好的。"

　　"难道两个同样地精彩吗？"国王很不悦。

　　"是的，两者与故事定律的真值的接近程度完全一致。这样的事还是第一次。"

　　"那么，把两个都讲出来。"国王命令。

　　"不行，陛下，遵照您的指示，我必须把最完美的那个故事找出来，讲给您听，这是我的职责。"机器人平静地回答。

　　"不，我现在重新命令你，赶快把故事讲下去，不管是哪一个结局。"国王的语气变得粗暴起来。

　　机器人的电子眼黯淡下去了。那晚，王宫里没有响起过"这就是一切了，陛下"，每个人的心都悬了一整夜，而国王也失眠了。

天亮的时候科学家终于把机器人修好了，然后小心地向国王建议道："您最好不要再给它相互矛盾的命令了。"

国王面无表情地问："难道没有办法吗？"

"陛下……"一个科学家说，"它虚构故事的能力充分说明了它已经具备了人的思维模式，它的记忆也已经互相交织在一起，如果简单地抹杀以前的命令，恐怕它的那些故事也会跟着失去了。"

"确实……"另一个补充道，"我们找出了它那部分记忆的所在，并试着用外接的转换装置来还原它的故事，不幸的是只得到了一堆乱码。"

"而且……"第三个说，"它似乎从外界接受了某种坚定的原则，这种原则看来能引起最强大的电势，虽然我们还不清楚是怎么回事，但您最好还是不要强迫它去违背这些原则。"

"总之……"最后一个恭维道，"在陛下的训练和调教之下，它已经进化到了相当复杂的地步，远超出了我们可以解释的范围。"

"废物。"国王只是简单地说了一句，就站起身离开了。

国王把那个残缺的故事向天下的人公布出来，并宣称能够讲出精彩结局的人会得到重赏。人们为这个残缺的故事着迷，也有许多技艺超群的人前来，讲述了各种各样的结局。国王觉得都很好，但是没有一个可以称得上举世无双，即使有，他也只想知道隐藏在机器人脑袋里的那个结局，因此国王用赏金把所有的人都打发走了。

机器人仍旧尽职地工作，每天都讲述许多精彩的故事作为弥补，国王听了依旧会哀叹，或者欢笑，但是这一切似乎都不如从前那么有趣，因为国王的心中还在惦记着那个没有结局的故事。但是机器人还是没有衡量出哪个结局更完美。日子就那么一天天过去了，机器人越来越像一个真正的人了。国王随着年纪的增长，脾气也变得不那么暴躁了，有时候甚至会对那个机器人产生一种模糊的感情，促使他在心情不好的时候和机器人聊聊天，两个人彼此都很客气。毕竟在整个王宫里，国王是没有朋友的。

某一天的黄昏，国王用疲倦的声音问："您还没有想好那个故事该怎么讲下去吗？"机器人沉默了一阵，然后平静地说："是的，陛下。也许您不相信，我也会感到痛苦。每当我想到自己将要为了它的一种讲法而不得不舍弃另外的那一种，我的脑袋里就会流过一阵阵混乱的电流。我不知道该把哪一个结局告诉您。我下不了决心。"

"您可算得上是一位艺术家了。"国王微笑着说完，然后就躺上了床，从此再没有起来过。

国王的病情一天比一天糟，御医开的药并不见效，人们都在窃窃私语。每天晚上，当贴身的侍卫也退出卧室，所有人离开之后，只有机器人不知疲倦地守候在国王的床榻旁边。在黑暗之中，它一边苦苦思索着那个故事的结局，一边等待着国王随时醒过来，给他讲一个小小的故事。

黎明到来之前，国王忽然睁开了眼，盯着机器人，声音微弱地说："您的那个故事……"

"陛下，我想也许可以有第三种结局……"机器人的声音异常地柔和，可是国王摇摇头打断了他："不，也许不需要结局。"

国王的遗嘱把所有的事都交代得很清楚，唯独没提到如何处置讲故事的机器人。新的国王勤政爱民，喜欢运动而不是听故事，于是决定：出于对先王的尊敬，任何人都没有权利知道那个故事的结局。所以，讲故事的机器人被洗了脑，然后丢进皇家博物馆的展览柜里，于是再没人能知道故事最后的答案了。

……

这就是一切了，陛下。

熟读唐诗三百首，不会作诗也会吟

丙等星

　　一个会讲故事的智能机器人，在与听众（国王）的交流中，创造出越来越多的精彩故事，这就是《讲故事的机器人》所讲述的。在十几年前，"讲故事的机器人"也许还是一个科幻概念，然而在2020年的今天，通过人工智能进行写作（简称AI写作），不仅已经成为现实，而且已经被广泛运用到了日常生活之中。短短10多年的时间，一种技术已经从科幻"降级"到了已可以科普的层面，让我们不得不感慨科学技术的迅猛发展。那么，今天就让我们来为大家介绍一下AI写作这项技术。

　　有一句古话说得好："熟读唐诗三百首，不会作诗也会吟。"这话可追溯至《唐诗三百首》的序言①，作者是清乾隆年间的孙洙。这句话表达了一个浅显易懂的道理：当脑海中的诗词储备多了之后，自然而然也能进行相应的

──────────

① 在《唐诗三百首》的原文中，作者孙洙写下的原句是"熟读唐诗三百首，不会吟诗也会吟"，与现代流传的版本略有不同。但是根据上下文，第一个"吟诗"表达的是写诗，第二个"吟"是吟诵，所以现代人化用为"不会作诗也会吟"，读起来更为通顺，且并未改变原文的意思。

模仿与转化，即便不能写出水平高超的古体诗，也多少能装模作样地吟上几句。

我们不得不佩服古人的智慧，这句话不仅适用于文学创作，而且在很多领域都能通用。更惊人的是，生在清代的原作者一定没有想到，在如今这样的信息时代，这句古话居然十分精准地点出了人工智能的工作原理！

要让机器人学会写作，第一步正是让计算机阅读大量文本。仅仅是《唐诗三百首》肯定是远远不够的，计算机需要阅读数以亿计的人类文本，唐诗宋词、《新华字典》、《莎士比亚全集》……你能想到的，最好都能一股脑地塞进去。当然了，相比人类，计算机拥有巨大优势，它可以快速读取硬盘中的文本数据，"一目十行"都不足以形容它的速度。现在市面上的固态硬盘，读取速度可以轻易达到200兆字节/秒，也就是说，一整套厚厚的《莎士比亚全集》，如果存储在合适的文本格式中，计算机能够在一秒之内就全部读取到自己的记忆（闪存）之中。然后呢，计算机的记忆能力是永久的，我们需要辛苦背诵的唐诗宋词，计算机只要读一遍，就保存在了它的记忆体中，而且永远也不会忘记。所以说啊，"熟读唐诗三百首"，对于人工智能来说，实在是轻而易举的事情！

当计算机的脑海中储存了大量的文本信息之后，第二步，就是让机器人掌握最基础的语言能力，也就是学会说话。在专业术语中，我们称之为"自然语言处理（natural language processing）"。人类婴儿在牙牙学语之时，是通过与父母的大量对话来训练语感的，而计算机则可以直接读取上一步中提到的文本资料来实现。所谓的语感，其实就是在不同的字符之间寻找关联。比如说，当看到"苹"这个词时，大家是不是会立刻联想到"苹果"？这正是字符间的隐藏关联，"苹"字的后面，有极大概率出现"果"字。对于我们人类来说，这是脑海中的一种直觉，无法用语言或数学来表达；但对于计算机来说，则可以直接用数学方程式来标出两个字依次出现的概率。同样的方法也可以使用在更复杂的短语中，比如上文是"超市打折"，下文就有很大概率出现"疯狂抢购"。所谓的计算机算法，正是要找出这些隐藏的概率，通过概率这一条条丝线，将零散的文字编织为完整的文章。

虽然大家未必能够察觉，但AI写作已经在很多领域"正式入职"。比如说国外的微软、谷歌，国内的腾讯、网易等公司，都已经在自己的新闻平台上发表由AI撰写的新闻稿。新闻写作有一个特征，就是可以套用一定的写作模板，比如"xx年xx月xx日，根据xxx的消息，xxx地点发生了xxx事件"。对于人工智能来说，只要读取相应的关键词，嵌入这些写作模板中，就可以在短时间内生成大量内容。这种模板式写作也同样运用于金融、医疗、体育、天气预报等众多领域。在这些领域中，文字内容具有相当大的重复性，甚至可以说，文字并不是主角，重要的是文章中所蕴藏的数据。因此，让人工智能来代替人类执行此类重复性劳动，可以大幅减轻人类的工作压力，让人类投身于更有价值的工作中。

除了文本创作以外，还有一种更容易被接受的场景，

就是所谓的 "人机协作"。在这种场景中，计算机并不完全代替人类，而是担任一个协助的角色。最简单的例子就是文本软件的自动纠错功能，当人类进行写作的时候，如果出现了错别字或者句式错误，计算机能够立刻识别出问题，并给出相应的修改选项。在英、美等英语国家，这种人机协作已经获得了广泛应用，因为英语不同于汉字，拼写错误是非常普遍的现象。拥有了人机协作，人类作家可以更专注于文学本身，并写出更多的创造性内容。

　　人工智能的出现，为人类带来了机遇，也带来了挑战。很多人都在问机器会不会取代人类。答案是肯定的，正如工业革命时期，汽车取代了马车，很多马夫都面临失业的困境。但是，马夫学会了开车，又获得了新的工作。人工智能也是如此，它一定会消灭一些工作，但也会创造出新的机会。人工智能的发展是一个无法逆转的趋势，我们不应感到恐慌，反而要用崭新的知识和技术来武装自己，让自己借助时代的浪潮，站上更高的平台。

童童的夏天

一

妈妈告诉童童，过两天外公要搬来家里一起住。

外婆去世以后，外公一直是一个人住。妈妈说外公干了一辈子革命工作，闲不住，一把年纪了还天天去诊所坐诊。前两天下雨地滑，回家路上摔了一跤，把脚摔坏了。幸亏及时送到医院，脚上打了石膏，休养几天，可以出院了。

妈妈特意叮嘱："童童，外公年纪大了，脾气不好。你是大孩子了，要懂事，不要惹外公生气。"

童童点着头，心想，我从来都很懂事的呀。

二

外公坐的轮椅，像个小电动车似的，手边有个灵活的操纵杆，轻轻一推就能前后左右地跑，真好玩。

童童从小就有点害怕外公。外公的脸方方的，眉毛白白的，长长的，像硬硬的松针一根一根翘着。她从来没见过谁的眉毛有那么长。

外公说的话她也有点听不懂，口音很重。吃晚饭的时候，妈妈跟外公说请护工的事情，外公只管一个劲摇头，连声说："没的事哎！"这句童童倒是听懂了。

外婆生病那阵子，家里也请过护工，是个农村来的阿姨，个子小小的，力气却很大，能抱着胖墩墩的外婆下床、洗澡、上厕所、换衣服。这些童童都亲眼见过的。后来外婆去世了，也就再不见她来了。

吃完了饭，童童打开视频墙玩游戏。游戏里的世界跟现实世界太不一样了，游戏里的人死了就是死了，不会生病，也不会坐轮椅。妈妈和外公还在旁边你一句我一句，爸爸走过来说："童童，别玩了，再玩眼睛要坏掉了。"童童学外公的样子，一边摇头一边说："没的事哎！"爸爸妈妈都忍不住笑了。外公却不笑，板着个脸阴沉沉的。

三

过了两天，爸爸领了一台呆头呆脑的机器人回家。它有圆圆的脑袋，长长的胳膊，两只白白的手，脚下是一对轮子，可以前后左右地转动。爸爸按了一下机器人的后脑勺，它鸡蛋一样光溜溜的脸上闪了三下蓝光，紧接着显出一张年轻人的面孔，活灵活现的很是逼真。

童童很吃惊，问："你是机器人吗？"

那张脸笑了，说："你好，我叫阿福。"

童童又问："我能摸摸你吗？"

阿福说："你摸吧。"

童童就摸了摸阿福的脸，又摸了摸它的胳膊和手。阿福身上有一层软绵绵的硅胶，像人的皮肤一样暖暖的。

爸爸说，阿福是果壳科技公司的新产品，还在测试阶段。它最大的优点就是像真人一样聪明灵活，能削苹果，能端茶倒水，还能做饭、洗碗、绣花、写字、弹钢琴……总之有阿福在家，绝对能把外公照顾好。

外公还是阴沉着脸不说话。

四

中午吃过饭，外公坐在阳台上看报纸，看着看着睡着了。阿福悄无声息地过来，把外公稳稳当当抱起来，挪到卧室床上，盖好被子，拉上窗帘，轻手轻脚关门出来。

童童一直跟在阿福后面盯着它看。阿福摸了摸童童的小脑袋，问："你怎么不去睡午觉？"

童童歪着头问阿福："你真的是机器人吗？"

阿福笑了，反问："怎么，不像吗？"

童童又仔细看了一阵，很认真地说："你肯定不是。"

"为什么？"

"机器人不会像你这样笑。"

"你没见过会笑的机器人吗？"

"机器人笑起来的样子都怪吓人的。你笑起来不吓人，所以你肯定不是。"

阿福笑得更厉害了，它问："你想看看我的真面目吗？"

童童郑重地点了点头，心里怦怦直跳。

阿福来到视频墙前面，从头顶上方发出一束光来。光打到墙上，显出一幅画面，画面里有个人，坐在一间乱糟糟的房间里。

画面上的人跟童童挥了挥手，与此同时，阿福也用一模一样的姿势举起手挥了挥。童童仔细看，那人身穿一件薄薄的灰色长袖外套，戴着灰色手套，上面有许多细小的灯在发光。他脸上还戴着一副大大的眼镜，眼镜后面的脸白白瘦瘦，倒是跟阿福的脸一模一样。

童童看呆了，说："原来你才是真的阿福呀？"

那人挠了挠头，怪不好意思地说："阿福是我们给机器人起的名字。我姓王，要不你叫我小王吧。"

小王告诉童童，他其实是一名大四学生，正在果壳科技公司的研发部门实习。阿福就是他们团队的产品。

小王又说，现在社会老龄化越来越严重，很多老人生活不能自理，自己儿女没有时间精力照顾，住养老院又怕孤单，对专业护工的需求就变得越来越紧迫。如果家里有一个阿福，平时不用就让它歇着，需要的时候下个指令，就有护理人员上线为老人服务，省去耗费在交通上的时间和费用，也能大大提高效率。

小王还说，现在的阿福是第一代测试版，全国一共有三千套，也就是三千个家庭在试用。

科学家带你读科幻

小王还说，几年前他奶奶也生病住过院。他有照顾老人的经验，所以自愿报名来他们家看护外公。

小王还说，恰巧他跟外公算半个老乡，能听懂外公的乡音，如果是机器人就不行了。

小王还说了很多专业名词，童童听得半懂不懂，但她觉得好玩极了，像科幻小说一样精彩。

童童问："那外公知不知道你是谁呀？"

小王说："你爸爸妈妈都知道，外公还不知道。先别跟他说，过几天慢慢告诉他。"

童童信誓旦旦地保证："没的事哎。"她和小王都笑了。

五

外公在家闲不住，让阿福推他出去转。转了一次回来，嫌天热，不肯再去了。阿福偷偷告诉童童，外公不习惯坐在轮椅里被人推着走，觉得路上的人都在看他。

童童却觉得，没准他们是在看阿福。

外公不愿意出门，一个人在家又怪闷的，脸色就更加阴沉，隔三差五摔摔打打地发脾气。有几次他指着鼻子骂爸爸妈妈，爸爸妈妈都不吭声，低着头任由他骂。过一阵子童童去厨房，却撞见妈妈躲在门后面偷偷抹眼泪。

外公变得不像以前的外公了，要是不摔那一跤该多好呀。童童越来越不爱呆在家里，家里的空气让她憋闷。她每天一大早就跑到外面去玩，吃饭的时候才回来。

018

爸爸又带回来一样新奇的东西，也是果壳公司的产品。是一副眼镜。爸爸让童童戴上眼镜在屋子里走，她看见听见的一切都能在家里的视频墙上清清楚楚显现出来。

爸爸问："童童，你愿意做外公的眼睛吗？"

童童愿意。她对一切新鲜玩意儿都充满好奇。

六

童童最喜欢的季节就是夏天。夏天可以穿裙子，可以吃西瓜、吃冰棍，可以去游泳，可以在草丛里捡知了壳，可以光脚穿凉鞋在雨地里走，可以追着雨后的彩虹跑，可以玩得一身大汗去冲凉水澡，可以喝冰镇的酸梅汤，可以去池塘里捞蝌蚪，可以摘葡萄、摘无花果，可以晚上在院子里乘凉、看星星，可以打着手电筒去捉蟋蟀。总之，夏天里一切都是好的。

童童戴着眼镜出去玩。眼镜沉甸甸的，老是顺着鼻梁往下滑，她真怕它会掉下来。他们一群小伙伴，有男的也有女的，十几个人，自从放了暑假，天天聚在一起疯玩。小孩子玩起来老是没个够，旧的游戏玩腻了，第二天就发明新花样。累了热了，就浩浩荡荡杀去小河边，像下饺子似的扑通扑通跳到河里面去。头顶上大太阳晒着，河水却那么清凉，多痛快！

又有人说去爬树。树在河岸边上，好高好粗的一棵龙槐树，像要把蓝天刺穿似的。说不定真是一条龙变的呢。

突然童童听见外公在耳边急忙忙地喊："童童，别爬树，危险！"

原来眼镜还能传送声音。她快活地高喊一声："没的事哎，外公！"爬树是童童的长项，连爸爸都说她上辈子属猴子的。可外公还是嗡嗡叫唤个不停。听不懂，吵死了。童童摘下眼镜扔在草丛里，脱掉凉鞋，觉得一身轻松，像一朵云直往天上飘。

树很好爬，茂密的枝干好像伸出的手来拉她。童童越爬越高，把其他人远远甩在下面，眼看就要爬到树顶了。风呼呼吹着，太阳透过一丛丛叶子洒下万点金光，世界那么安静。她停下来歇一口气，却远远听见爸爸在下面喊她："童童！快——下——来——"

探头一看，黑黑的一个人影，像只小蚂蚁似的。真是爸爸。

回家的路上，童童被骂了一路。

"多危险！一个人爬那么高！怎么这么不懂事！"

她知道是外公告诉爸爸的，除了他还能有谁？

自己不能爬树，还不准别人爬，外公真没劲。还让她在朋友们面前丢那么大一个人。

第二天，童童还是一大清早就跑出去，却再不肯戴那眼镜了。

七

阿福说："外公是担心你。万一你掉下来把腿摔断了，不就要跟外公一样坐轮椅了吗？"

童童噘着嘴不说话。

阿福说，外公透过眼镜，眼睁睁看着童童往树上爬，急得连喊带叫，差点自己摔个跟头。童童却在心里赌气。有什么可担心呢，比那再高的树她都爬了，从来没摔过。

眼镜用不上了，打包寄回果壳公司。外公又一个人在家里无所事事。不知道怎么心血来潮，翻出一张旧棋盘，硬拉着阿福陪他下象棋。

童童不懂下棋，搬个小凳子坐在一旁看热闹。她喜欢看阿福细细白白的手指，拈起那些颜色泛旧的木头棋子轻轻放下，喜欢看它思考的时候指尖在桌上滴滴答答地敲。那手多好看呀，简直像是象牙雕出来的。不过几盘下来，她也看出阿福不是外公的对手。才走了没几步，外公就啪的一声吃掉一颗棋子，嘟囔一声："臭棋！"童童也在一旁跟着帮腔："臭棋。"

外公又加一句："还不如机器人呢。"他已经知道阿福是由人操纵的了。

外公赢了几盘棋，居然神气起来，脸色也变得红亮，甚至摇头晃脑哼起了小曲。童童也忍不住跟着高兴，之前的不愉快好像全扔到了九霄云外。只有阿福哭丧个脸。

他说："我另给您找个对手吧。"

八

童童回到家，吓了一跳。外公变成了个怪模样！

他穿着薄薄的灰色长袖衣服，戴着灰色手套，上面亮晶晶地发光。脸上也戴着大大的眼镜，两只手在空中比比划划。

对面的视频墙上也有个人，却不是小王，是另外一位陌生的爷爷，满头白发，倒是不戴眼镜，面前摆着一盘棋。

外公说："童童，这是赵爷爷。"

赵爷爷是外公的老战友，前不久刚做了心脏支架手术，也是一个人在家里无聊，他家里也有一台阿福。

赵爷爷也爱下棋，也成天抱怨阿福下得臭。小王灵机一动，给外公寄了一套操纵阿福的传感装备，再通过家里的阿福教外公怎么用。没过几天，外公就能指挥赵爷爷家的阿福下棋了。

不仅能下棋，还能用家乡话聊天，聊得外公神采奕奕，兴奋得像个小孩子。

外公说："童童你看好了。"

他两手在空中一抓，画面里一双白白的手，就把木头棋盘稳稳端了起来，轻轻转了一圈，然后放回原处。

童童睁大眼睛看呆了，这双手难道是外公的吗？简直比魔术还神奇。

她问："我能试试吗？"

外公就把手套脱下来给童童戴上。手套有弹性，童童的手小，却也不显得很松。童童试着动了动手指，画面里阿福的手也动了两下。

外公说："童童，跟赵爷爷握握手。"

赵爷爷笑眯眯地把手伸过来，童童试着握了握。她感觉到手套里面微妙的压力变化，好像真的握着一个人的手似的，还热乎乎的。这可真的太好玩啦。

她通过手套去摸阿福面前的棋盘、棋子，还有旁边冒着热气的茶杯。指尖上居然传来灼热的感觉，童童吓了一跳，手一滑，茶杯落在地上啪地摔碎了，棋盘也掉了，棋子稀里哗啦滚了一地。

"哎呀，这孩子！"

"没事没事。"赵爷爷连忙摆手。他要去拿个笤帚来扫地，外公不让他去，说："老赵你别动，小心手，让我来。"他戴上手套，指挥阿福把棋子一个一个捡起来，把地上的垃圾清扫干净。

还好外公没生气，也没把童童闯的祸告诉爸爸。

"小孩子心急。"他笑着跟赵爷爷说。赵爷爷也呵呵地笑。

童童心里有点委屈。

九

爸爸妈妈又跟外公吵起来了。

这次却吵得跟以前不一样。外公还是一口一个："没的事哎。"妈妈语气却越来越严厉。到底为什么吵，童童在旁边越听越糊涂，好像跟赵爷爷的心脏支架有关系。

吵到最后妈妈说："什么没的事，有事怎么办！您就别再胡闹了！"

外公气坏了，把自己关在屋里不肯吃饭。

爸爸妈妈又给小王打视频电话，这次童童才大概听明白了。

赵爷爷跟外公下棋，下着下着一激动，心脏病犯了——据说是支架没放好的缘故。当时家里没有人，是外公指挥阿福给赵爷爷做了急救，还打电话叫了救护车。

经过抢救，赵爷爷脱离了危险。

可谁也没想到，外公竟然提出，要去医院看护赵爷爷。

不是亲自去，是派阿福去，外公在家指挥阿福。

可外公自己还是个需要人照顾的病号啊，谁来看护外公呢？

外公说，等赵爷爷康复出院，他就教赵爷爷使用传感设备，两个老人相互照顾，也不需要别的护工了。

赵爷爷倒是一口答应了，可是两家儿女都觉得实在太荒唐。连小王也一时间转不过弯来。想了半天他才说："这个事情，我得向部门领导汇报一下。"

童童想，通过阿福下棋，这个容易明白，相互照顾可怎么照顾呀？她越想越觉得复杂，难怪小王也要头痛了。

唉，外公就像小孩似的，一点也不听大人的话。

＋

外公老是待在屋里不出来。起初童童以为他还在生气，后来才知道，事情不知不觉间起了大变化。

最大的一个变化是，外公变忙了。他又开始像以前一样每天给人看病，但不是去诊所里坐等病人上门，而是戴着传感设备，操纵别人家的阿福，替各家各户的老人们问诊、摸脉、开药方。他还想让阿福给病人推拿针灸，为了锻炼这项技术，竟然指挥阿福在自己身上扎针！

小王说，这个想法将会对整个医疗系统产生翻天覆地的影响。未来的人们或许再不需要去医院挂号排长队了，医生们可以上门服务，或者在每个小区的卫生所里安置一台阿福，看病将变得轻松许多。

小王还说，他们公司的研发部门已经成立了一个小组，专门研究医用型阿福的改进方案，并且聘请外公做他们的顾问。于是外公就变得更忙了。

外公自己腿还没好利索，暂时还是小王看护他。不过小王说，他们正在筹划建立一个网络系统，让有闲暇有爱心的人都能注册账号，远程登录全国各地的阿福，照顾老人、小孩、病人、宠物，参与各种各样的社会公益活动。这也是变化的一部分。

如果这项计划成功的话，将真正建立起一个古书里面说的大同社会。"人不独亲其亲，不独子其子。使老有所终，壮有所用，幼有所长，鳏寡孤独废疾者，皆有所养。"

当然，也可能会有各种弊端和风险，譬如网络安全，入室犯罪，操作失误造成的意外，等等。但既然变化已经来了，就必须去面对它们。

甚至还有更意想不到的变化。

小王给童童看了许多视频，阿福们在做着各种各样的事情：炒菜做饭、照顾小孩、维修水电、种地浇花，还有开车的，打网球的，还有教孩子下棋写书法拉二胡刻印章的……

操纵这些阿福的，都是一些原本需要被人照顾的老人。有的老人腿脚不好，但是耳聪目明，有的记性不行了，但年轻时练就的基本功还没忘，还有好多人身体没有大毛病，只是精神不振郁郁寡欢。但现在，大家都八仙过海各显神通了。

阿福竟然能有这么多种玩法，之前谁都没想到。这些年过古稀的老人，怎么会有这样的想象力和创造力呢？

印象最深刻的，是十几台阿福组成的民乐队，聚在一个公园的池塘边，吹拉弹唱好不热闹。小王说，这支乐队在网络上已经小有名气了，指挥它们的是一些双目失明的老人，所以就叫"老瞎子乐队"。

小王最后感慨说："童童，你外公带来的是一场革命啊。"

童童想起妈妈以前常说外公是老革命，说他"干了一辈子革命工作，这么大把年纪也该歇一歇了"。外公不是医生吗，什么时候干的"革命"？"革命"到底是什么样的工作？为什么要干一辈子？

童童想不明白，但她觉得革命真不坏。外公又像以前的外公了。

十一

外公每天都精神抖擞，得空便亮开嗓子唱两句：

辕门外三声炮响如雷震，
天波府走出我保国臣。
头戴金盔压苍鬓，
铁甲的战袍又披上身。
帅字旗斗大"穆"字显威风，
穆桂英五十三岁又出征。

童童笑嘻嘻地说："外公，您都八十三岁啦。"
外公不生气，摆个横刀立马的姿势，脸色越发红灿灿
的。
再过几天，就是外公的八十四岁生日了。

十二

童童一个人在家里玩游戏。
冰箱里有做好的饭菜，童童自己拿出来加热吃。傍晚
天阴沉沉的，空气湿闷，知了喳——喳——喳——地叫个
不停。
天气预报说晚上有暴雨。
墙角里蓝光闪了三下，有个身影悄无声息地移动过
来，是阿福。

童童告诉阿福："爸爸妈妈带外公去医院了，还没回来。"

阿福说："你妈妈让我提醒你，下雨别忘了关窗。"

他们一起去把所有窗户都关上。瓢泼大雨下了起来，打在玻璃上像咚咚的战鼓声。黑云被一道白一道紫的闪电撕扯成很多块，一个炸雷滚落，震得天地间隆隆作响。

阿福问："你怕不怕打雷？"

童童说："我不怕，你呢？"

阿福说："我小时候怕，现在不怕了。"

童童突然想到一个很神秘的问题。

"阿福你说，是不是每个人都要长大？"

"应该是的。"

"长大以后呢？"

"长大以后就老了。"

"老了以后呢？"

阿福不回答。

他们打开视频墙看动画片，是童童最喜欢的《彩熊寨》。不管外面的雨怎么下，彩熊寨里的小熊们永远幸福快乐地生活在一起。也许一切都是假的，也许只有小熊们的世界才是唯一真实的。

看着看着，童童眼皮开始打架了。雨声哗哗，像是在催眠，她把脑袋靠在阿福身上。阿福抱起童童，挪到卧室小床上，盖好被子，拉上窗帘。它的手像真人一样暖暖的。

童童嘀咕一句："外公怎么还不回来。"像是在说梦话。

耳边有个声音悄悄地说："睡吧，童童。睡醒了外公就回来了。"

十三

外公没有回来。

爸爸妈妈回来了，脸色都不好，疲累得厉害。

之后爸爸妈妈更加忙了，整天整天地往外跑。童童一个人待在家里，还是玩游戏，看动画片。阿福有时候来给她做点饭吃。

过了几天，妈妈把童童叫过去，告诉童童，外公脑袋里长了一个肿瘤。上次摔跤，就是因为肿瘤压迫了神经。去医院检查，医生建议尽快开刀动手术。外公年纪大了，做手术有风险，可硬拖着更危险。爸爸妈妈找了好多大医院咨询，商量了一宿又一宿，最后一咬牙，还是得做。

瞒着外公，把医院偷偷联系好了，跟外公说只是个脑血管小手术。

手术做了一整天，终于成功了。取出来的肿瘤有鸽子蛋那么大。

手术后外公一直在昏迷，到现在还没醒。

说着说着，妈妈突然抱着童童大哭起来。哭得咬牙切齿，身子抽得像一条鱼。

童童抱着妈妈，看见她头上一根一根的白头发。一切都显得很不真实。

十四

童童跟着妈妈去医院。

天真热呀，大太阳那么耀眼。童童和妈妈打着一把伞走在路上，妈妈手里提着一罐刚从冰箱里取出来的红红的果汁。

一路上没有什么人，只有知了喳——喳——地叫个不停。这个夏天终于快过去了。

医院里很凉快。她们在走廊上等了一会儿，有个护士走过来说外公醒了，妈妈让童童先进去。

外公的模样很陌生，白头发剃短了，脸有点肿，一只眼睛上蒙着纱布，另一只眼睛闭着。童童握着外公的手，心里很慌，她想起外婆来了。周围净是一些管子和仪器，滴滴答答响着，和当时外婆生病的情形一样。

护士在一旁叫外公的名字："醒醒呀，外孙女来看你了。"

外公把闭着的眼睛睁开了，紧紧盯着童童。童童动一下，那只眼睛也动一下。但他不能说话，也不能动。

护士小声说："跟你外公说说话，他能听见的。"

童童不知道说什么。她用力握住外公的手，感觉外公也在握她的手。外公，她在心里叫了一声，外公你还认得我吗？外公的眼睛一直跟着童童转。她终于叫出声来："外公！"

眼泪落在白色的床单上。护士连忙哄她："别哭，别哭，让你外公看见多不好。"

童童被领出病房，在走廊上哇哇大哭了一场。

十五

阿福要走了。爸爸要把它打包寄回果壳公司。

小王说，他本想亲自来找童童一家人道别，但他住的城市实在太远了。好在现在通信技术发达，以后视频电话都方便得很。

童童一个人在屋子里画画，阿福轻手轻脚走进来。童童在纸上画了很多小熊，用蜡笔涂成各种颜色。阿福看了一会儿。它看见一只个头最大的小熊，像彩虹一样五颜六色的。小熊脸上戴着一只黑色眼罩，只露出一只眼睛。

阿福问童童："这是谁呀？"

童童不说话。她抓着蜡笔，一心一意把所有颜色都涂到小熊身上。

阿福从背后抱了抱童童，它的身子微微颤抖。童童知道阿福哭了。

十六

小王发了一段视频给童童。

他说，童童，你收到我寄给你的包裹了吗？

包裹里是一只毛茸茸的小熊，像彩虹一样五颜六色，戴着黑色眼罩，只露出一只眼睛，跟童童画的一模一样。

小王说，小熊身体里的传感器连接着医院的监控仪器，有外公的心跳、呼吸、脉搏、体温。如果小熊闭着眼睛，就是外公在睡觉。如果外公醒了，小熊就会把眼睛睁开。

小王说，小熊看到听到的一切，都会显示在医院天花板上。你可以跟它说话，给它讲故事，给它唱歌，外公都能看见听见。

小王还说，他一定能看见。你外公虽然身子不能动，但他心里面一定是醒着的。所以你要多跟小熊说话，多陪它玩，多让它听见你的笑声。这样你外公就不会寂寞了。

童童把耳朵贴在小熊胸口，果然有咚咚的心跳声，很慢，很低沉。小熊胸口暖暖的，随着呼吸一起一伏，睡得可真香。

童童也要睡了。她把小熊放在床头，给它盖上被子。她想，等明天外公醒了，我要带他出去晒太阳，去爬树，去公园里听那些爷爷奶奶唱戏。夏天还没过去，好玩的事情还多着呢。

"没的事哎，外公。"她轻声说。等你醒来，一切都会好好的。

遥控与传感

丁丁虫

《童童的夏天》用孩子的视角描写了一个陪护机器人深入千家万户的近未来时代。这篇小说写于2014年，就在这一年，一个名为DeepMind的账号悄悄出现在围棋网络对战平台上，但那时候没有任何人会想到，仅仅一年之后，DeepMind的升级版阿尔法围棋（AlphaGo），将会骤然引发人工智能的热潮。本文的作者夏笳显然也同样没有想到，所以她并没有给故事中的陪护机器人配备人工智能，而是选择了更为成熟的技术——远程遥控。

实际上，即使是在2014年，远程遥控技术也没有丝毫科幻的色彩，因为它实在太常见了。当然，我们也可以找出一些颇为科幻的应用，比如遥控远在太空的人造卫星变轨，或者遥控深入地下的矿车挖煤，以及遥控千里之外的手术机器人在患者的腹部划出精准的刀口，但更多的遥控遍布在我们的日常生活中。无人机会用到遥控，玩具车会用到遥控，连操作电视机的遥控器都会用到遥控——你瞧，"遥控器"这个东西连名字本身都带着"遥控"两个字。

不过，遥控技术的成熟并不代表作者想象中的陪护机器人能马上实现。这是因为，陪伴机器人最大的技术难题不在遥控，而在传感。

所谓传感，可以理解为"传递感觉"，简单来说就是获取各种感觉，反馈给遥控者。《童童的夏天》里有一个情节：童童透过远程遥控手套去摸滚烫的茶杯，结果热量反馈到她的指尖，吓了她一跳，导致童童打碎了茶杯。你可别小看了这个情节，它精准地描写出了当前陪伴机器人的研究重点和难点，也就是说，如何将远程的触觉及时反映到操作者的身上。

我们先来看这一点有多重要。

比如说，你通过远程遥控机器人去拿一个鸡蛋，机械手抓住了鸡蛋。可是，机械手没有感觉，你也感觉不到它是怎么抓鸡蛋的，那么该用多大力气把它拿起来呢？用力太小，鸡蛋一下子就会滑下去，掉在地上摔碎；用力太大的话呢？不要说拿鸡蛋，大概直接就会把它捏碎了。如果你想象不出那个场面，也可以回想一下玩抓娃娃机的时候，要尝试多少次才能成功抓起一个娃娃。

陪护老人的时候，传感也同样重要。假如你要操控机器人去扶一位卧床不起的老人去上厕所，但是机器人没有感觉，那么你该用多大的力量扶老人？力量太小，老人扶不起来；力量太大的话……说不定老人会被你扶到天花板上去呢！这下你该知道传感有多重要了吧。

接下来，我们再来看看实现这一点有多难。

就以触觉为例。触觉是我们人类的五感之一，但它并不是单一的感觉。仔细分析会发现，触觉其实是许多感觉的混合体，包括感知物体的形状、硬度、重量、温度、纹理、粗糙度以及麻痒、疼痛，等等。这么多不同种类的感觉，在人体上是通过好几种不同的"感受器"来感受的。而要在机器人身上实现它，同样也需要多种感受器。虽然当前科学家已经能够让机器人"感知"到其中的一部分，但距离"感知"全部触觉还差得很远呢。

另外还有一个问题：即使能够让机器人"感知"到触觉，也并不代表我们就能让操作者产生同样的触觉。想象一下，摸到高温时的"烫"，摸到电流时的"麻"，摸到针尖时的"痛"，这些触觉要怎么模拟给操作者呢？难道也要用一根针去戳操作者的手指吗？

而且有些研究发现，触觉并不是模拟得越真实越好。有时候，太真实的触觉反而会影响到人的操控。还是童童拿茶杯的那个例子，当机器人把"茶杯很烫"的感觉传递给童童的时候，童童情不自禁地松开了手，结果把茶杯打碎了。如果机器人在抱着老人的时候，由于某个意外情况，把某种感觉比如"疼痛"或者"麻痒"传递给操作者，岂不是也会导致操作者情不自禁松开手，把老人摔在地上？

实际上，正因为老人身体的特殊性，所以除了人体的五感，对陪护机器人还有更高的要求。比如说，老人的血压正常吗？血糖正常吗？有没有中风的危险？有没有心肌梗死的危险？这些都是关系到老年人身体健康的重要指标，也是陪护机器人应当随时"感知"的信息。尽管一般人通常看不到这些信息，但陪护机器人显然需要具备这样的能力，才能算是合格的陪护机器人。幸运的是，随着医学技术的发展，目前这些信息有许多已经能够感知和监控了，今后的目标主要是把这些设备做得更小、更方便、更加人性化。

总而言之，遥控陪护机器人的核心技术在于遥控和传感两个方面。前者的技术比较成熟，但后者还有许多需要进一步研究的地方，这就需要同学们的努力啦！

爸爸的眼睛　■ 赵海虹 ■

爸爸的眼睛

多年以来，每当孟启元闭上眼睛，耳边总会响起儿子当年稚嫩的声音："爸爸，我想给你画张画！"

小澜仿佛就在他的身边，扑在他的怀里，双手急切地摇着他的臂膀："爸爸，来嘛，来嘛！"于是，一点点，在黑暗的想象中逐渐浮起儿子的脸：圆圆的面孔，小刺猬般的寸头，又高又直的鼻梁，尖尖的小鼻头，微微张开、露出牙齿的薄嘴唇。他正在换牙，白生生的门牙掉了一颗，露出一个肉色的小洞。

为什么孟启元在记忆中如此描画儿子面部的所有细节，却刻意回避了最重要的眼睛呢？是啊，眼睛。无法回避的灵魂之门，情感之窗。小澜的呼唤充满了对父亲的依恋，可是他睁得大大的眼睛，却像两枚僵硬的黑果核，又如两个小小的黑洞，表达不出任何情感，而且会无限制地吸食对方的情感，让观者如坠冰窖。

孟启元推开了儿子，是的，这个动作在他的记忆中反复重演，也在他的真实生活中一次次发生。他推开了儿子。这是他的第一反应。虽然之后他立刻拉住他，向他道歉，对不起，爸爸忙昏了头。爸爸来看你画。

于是儿子有板有眼地为他画了起来。开始是小花小草、白云红日，再大一点，便开始画猫儿狗儿玩具熊、卡车飞机推土机。那些画色彩丰富，笔触中洋溢着天真与热情。

那么多年来，儿子画得最多的，却是爸爸。从线条简单的歪脸大头爸爸，到面容方正、表情严肃的爸爸，到他离开之前，他笔下的父亲孟启元，已足以进入美术馆，挂在厅堂之上供人欣赏。

儿子是从什么时候爱上绘画的呢？应该是六岁吧。在那之前，他的眼睛从只能模糊辨光到能看清物体轮廓，经过了三次大手术，七次调整和矫正；六岁那年终于能够清晰视物，接近了正常肉眼的视力标准。也就是从那时起，满世界的色彩和形象向他奔涌而来，让他欣喜若狂。可是他欢乐的脸上永远嵌着一双全不相称的冷酷眼眸。

小澜，我的好儿子……孟教授的眼眶湿润了。

"先生，您要什么饮料？"

空中小姐柔美的嗓音打断了他的回忆。他此刻正在飞机上，穿越太平洋，飞向儿子工作的城市。

孟启元抬起头，用手背擦了擦眼角，轻轻回答："红茶，谢谢。"

一杯大半满的红茶放在眼前的小桌板上。他忽然在红色的茶汤里看见了自己的面影。深邃的黑色眼睛，狭长的眼睑。啊，忽然间他觉得那不是自己的面容，他仿佛穿越了时间与生死的界限，看到了父亲。父亲曾是才华横溢的青年画家，幽默风趣的爸爸，无微不至的丈夫，却在意外致盲后抑郁不振，英年早逝。

曾几何时，父亲失明后黯淡无光的瞳仁，总在孟启元的眼前晃动。他考上医学院，专攻眼科，开始最新的实验项目，一路走来，总是会看到父亲用无光的眼睛在望着他。让他痛苦，却又给他激励，让他相信自己从事的是伟大的事业。可是，自从他做了那个残酷的决定，他却不再看见父亲的眼睛。多年以来，当实验一步步走向成功，当他获得了世界级的声誉，让越来越多的患者重获光明，他却很少想起父亲。很久没有了。相反，儿子的眼睛，那对冷酷无情的电子眼，却时时如梦魇般缠绕着他。

孟教授用力摇摇头，举杯将红茶一饮而尽。飞机开始播放电影，是刚上映的《星空》，一部以画家梵高生平为蓝本的电影。

啊，《星空》，他怎会忘记，小澜九岁那年的生日，他买了一本精美的梵高画册送给儿子。当小澜拆开粉蓝色的包装纸，看到画册封面上的《星空》时，发出一声轻轻的叫喊，那是从内心深处涌出的感动，化作一股气流从胸中涌起，直冲出口，那样简单的一声"啊"，拖着长长的尾音，孩童清亮柔美的声音，让客厅都亮堂了起来。

"爸爸，星空在旋转！"小澜抬起头，兴奋地望着他，眼眶里那对镶嵌着精密电脑芯片的瞳仁比两年前多了点反光和层次感，不再是一片漆黑了。但是不，那依然不像是人类的眼睛，它们永远无法流露出真实的情感。

"是啊，星空在旋转。"孟启元避开儿子的"目光"，他用自己宽大的手掌握住儿子的小手，四只手一起在画册的纸页上轻轻抚摸。

这是一幅神奇的画。星空下暗郁的圣雷米小镇，黑暗大地上升起火焰般的丝柏。而梵高笔下的夜空星河流转，宇宙万物循着生命能量奔涌的方向运动不息。

小澜轻轻打开画册，一页页地翻过去，色调温暖的小房间、张扬的向日葵、秋天色彩丰富的大地、如生命般蓬勃开放的杏花……

"爸爸，我想给你画张画！"儿子忽然灵巧地一缩身子，从孟启元怀里钻了出去。他冲进自己的房间，咔哒咔哒地拖来了他的工具箱，然后飞快地支起画板。

九岁时小澜已经开始尝试油画，也许是继承了爷爷的天分，他的绘画天赋令人惊叹。刚看过梵高的画册，他居然就能学着用那种颤抖而充满情感的笔触来画画了。

小澜急促地在小幅画布上涂抹颜料，他挥舞手腕的动作中有一种韵律感，运笔也越来越熟练。当孟启元冷静地观察儿子作画的每一个细节时，总忍不住怀疑这种关注背后隐藏着什么——我是关爱孩子成长的父亲，还是密切追踪实验成果的科学家？后一种解释令人齿冷。但他无法回避这种可能性。他为此纠结、自责，最后不得不向日记本倾吐了所有的痛苦与怀疑。是的，只有日记本，他的秘密无法和任何人分享。那个深不可测的黑暗的秘密。

孟澜站在美术馆空旷的大厅里，面对着展厅正中的那幅画——《世界》：奔涌的色彩，喷泉般的生命。一切自然界的色彩在这里汇聚、组合、裂变、新生。

20岁后他的画风骤变，不再追逐具体的形体与生活中的真实形象，只有颜色。色彩在他的画布上歌唱。

《春天》《舞》《灭》《世界》，一幅幅在苏富比拍卖行拍出天价的油画使他一步步走上了世界现代艺术的前台，成为呼风唤雨的艺术明星。

木秀于林，难免受到风雨的侵袭。当年孟澜因幼年眼伤，被科学家父亲安上了机械眼的故事在新闻媒体中骤然放大，引起了轩然大波。孟澜之父孟启元教授十年前就因改良人眼芯片成为全世界盲人的救星，获得了科学界无上的荣光。为自己的儿子试装实验阶段的电子眼并未违背伦理，但极端人士却因此指责孟澜是半机器人，艺术家里也有人酸溜溜地说他是"借机械之光开眼看世界的第一人"，"说什么全新的世界，全新的艺术眼界，原来是全新的芯片。"——这样的嘲讽之词随处可见。

陈平走近孟澜时，以为会在他身上看到愤怒，因为加之于他身上的评价并不公平。

孟澜身形颀长，穿一件黑色的长风衣，笔直地站在大厅中央。大厅两侧流淌的色彩，汇聚到正中央的背影处，忽然凝滞，如一个巨大的黑色惊叹号。

"孟先生，我是《默》周刊的陈平，约了您3点见面……"

孟澜一扭头，正对着她，他很平静，眼睛格外地黑，瞥一眼就让她禁不住打了个寒战——这就是那双有名的机械眼。

"陈小姐，你三个月之前刚刚采访过我。"他冷冷地说，"也给我寄送了发表采访的杂志。这次再来又是为什么？"

陈平迟疑了一下，斟酌要如何开口。孟澜却冷笑着追问："或者是因为上次采访时，我的机械眼还是秘密，你把我当成正常人。现在却急不可耐，要来看看机器人画家孟澜。"

他话里的尖刻令她不悦，她急忙道明来意："孟先生，您误会了，我是受人之托。令尊孟教授读了周刊上的报道，特地来找我。十年前他也接受过我的采访，之后一直有联系……"

"哈！"孟澜气愤地喊了一声，"他要托个外人来找我吗？"

"可他想了很多办法都联系不上您。您不接他的电话。不回，甚至可能不看他的电邮。他好不容易查到您在纽约的住处，在门外等了三天也没有……"

"你别听他那一套！"孟澜暴躁地打断她，"你根本不知道他是什么样的人！他想向全世界控诉我的不孝？随他去吧！"

"孟教授只想见见您，和您谈谈。"陈平叹了口气，这对父子到底有什么心结，导致孟澜20岁后离家出走，与父亲彻底决裂，十年全无来往呢？连父亲想见儿子，都要辗转托一个外人来帮忙。

"你告诉他，没有什么好谈的。"孟澜转身朝画廊走去。他的脚步在空旷的展厅里激起一阵回响。

"孟教授就怕您会这么说，他让我把这个画册带给您。"陈平三步并作两步追上去，从随身的大包里取出一本大册子，这是一本悉心装订的个人画册，随手一翻，是一页页儿童习作。画中的笔触洋溢着儿童的稚嫩与天真。小花、小草、白云、红日……画得最多的，却是爸爸，大头爸爸，读书的爸爸，实验室里的爸爸。

"您看，您看。"见孟澜停住了脚步，陈平忙把画册捧到他面前，"孟教授收集您童年的习作，做了整整十本这样的册子。他是好父亲……"

孟澜用那双能冰冻一切生命的机械眼横扫了她一眼，冷冷地说："你什么都不知道。"

陈平忽然感到一阵寒意，她从没觉得自己这样的笨嘴拙舌。她站在原地，手里捧着画册，看着他离去了。

陈平把画册交还给了面容憔悴的父亲。"对不起，孟教授，我帮不上忙。孟澜对你的误会好像很深。"她虽然好奇，但知道这一定涉及隐私，孟教授与自己虽略有私交，但她到底是个记者。谁能放心把隐私告诉记者呢？

"真麻烦你了，对不住。"孟启元接回画册，抱在怀里。

陈平发现他比十年前老多了，背脊微微佝偻，白发从黑发的丛林中四处冒了出来。他还不到五十五岁，但头发已经白了一大半。十年前那个站在世界医学荣誉最高点上意气风发的中年才俊又去了哪里？

孟启元紧紧抱着儿子童年的画册，口中嗫嚅了一会儿，终于发出了声音："可是我没有别人可托，小陈，你再帮我找找他。这次直接告诉他，我想让他接受新的手术。我知道他不喜欢那双眼睛，我可以帮他换掉，现在的技术已经可以用超微芯片替代整体的机械眼。他可以换上装芯片的人眼。"他苦涩地一笑，无奈地摇摇头，这是他以十年的时间为儿子准备的重要礼物，可他居然没有机会让儿子来接受。那双没有感情的机械眼不仅令儿子一生自卑，也让父亲半生负疚。而现在，弥补错误的机会终于来了。

陈平被这位父亲感动了。不管他们父子俩到底有什么隔阂，她都能体会到他对儿子真切的关怀。"好，我再去找他。"她慨然允诺，再尴尬一次也无妨。

次日，陈平还未成行，就得到了惊人的消息：恐怖分子给正在展出孟澜画作的美术馆打去匿名电话，声称在大厅某处藏了定时炸弹。美术馆正在组织观众有序撤离，但秩序依然有些混乱。警方昭告民众出行时尽量避开周边道路。

陈平大吃一惊，连忙驾车赶去。一边开车，一边收听当地交通台里的最新消息。

"画家孟澜拒绝离开大厅。"

"特警正在强制孟澜撤离展厅。"

"这个倔强的画癫子！"陈平加大油门，向美术馆赶去。正要停车，已有特警过来驱赶："小姐，请立即开走。"

"我来接孟澜！"陈平喊着冲美术馆的方向指了一

指。特警一愣，立刻说："特殊情况，只出不进。你就等在这里吧。"

美术馆里的观众已基本撤清。孟澜被几个特警从美术馆里架了出来。他一边挣扎一边喊："我的画还在里面！"

陈平挥手大声喊："孟先生，你先上车。"

陈平的出现似乎让孟澜分了神，他不再挣扎，跟陈平上了车。

离开喧闹的人群，孟澜一下子冷静了下来。那双眼睛，那双让人看不透的没有生命的眼睛，射出科学仪器那样毫无感情的、纯分析的"目光"来。"你专程来看我的笑话吗？"

"我再替令尊带个话。"陈平把孟启元教授的托付轻轻告诉了他。

这一次孟澜没有立刻反应。他似乎有些发呆。这双机械眼给他带来了最珍贵的光明，但也产生了巨大的痛苦。自小到大，除了单独和父亲在一起时，他总是感到这双眼睛使他无法融入常人的世界，令他遭受了无休止的嘲笑。一开始别人并不了解真相，他们不知道那是机械眼。那时他的外号叫"僵尸娃娃"，因为他的眼睛表达不出变化的情感，死气沉沉，让人害怕。

祖母外婆都早逝，母亲因产后并发症辞世。没有女性爱过他。但他并不责怪她们。谁都会对这双眼睛退避三舍。连他自己都害怕镜中的自己，甚至他的父亲，都不敢正视这双眼睛。

是的，孟澜其实一直知道。虽然父亲尽量掩饰自己的排斥感，但就连他也无法接受儿子的眼睛。

但父亲是爱自己的，至少在20岁前，孟澜这样相信。可现在，他已经什么都不信了。

"你去告诉他，我已经习惯了这双机械眼。"孟澜冷冷地说，"我绝不再做任何眼科手术。"

这一天雨下得很大。孟澜接到了一个陌生的电话。电话那一头说："抱歉地通知您，您父亲走了。"

孟澜惊愕地停顿了一下，他本想直接撂下电话，但对方话音里特殊的沉痛忽然让他意识到"走了"并非字面上的含义。

"今早8点，孟启元教授搭乘了571航班……"

"是那趟飞机？"孟澜忍不住打断了对方。

"是的……"

上午9点，灾难的消息已经传遍全球。571航班起飞时与停在跑道附近的另一架客机相撞，机上153名乘客仅19人得以逃生，生还者中并不包括孟教授。

得到消息之后，孟澜静默了许久。他在赶往事故处理中心前，拨通了陈平的电话。

陈平又一次当了孟澜的司机。考虑到他此刻的精神状态不适合开车，她坚持自己送他去事故处理中心。大半程孟澜都一言不发。"我知道你怎么想，你一定在心里责怪我。但你其实什么都不知道。孟启元不是你想象的那种人。全世界都被他那副道貌岸然的样子欺骗了。"

陈平禁不住一声叹息。事到如今还需要说这些吗？

孟澜却激动了起来："我在美院读大二那年，油画《工作中的父亲》获得了大学生艺术比赛油画组的大奖。我清楚地记得，当我把他带到展厅的画前，他的表情完全没有我期待的惊喜。他尴尬极了，似乎想笑，又似乎想哭。最后他抱住我不住地颤抖，喃喃说：谢谢，对不起。谢谢，对不起。他就反复念叨着这两个词。

"当天晚上，他交给我一本日记本。里面记录了我一岁那年，随保姆外出时偶然受伤，他对我干下的那件事。作为我的急症接诊医生，他居然篡改医疗记录，把表层擦伤改成需摘除眼球的严重外伤。然后以唯一监护人的身份授权，让我参加他个人主持的项目，安装了尚在实验阶段的电子眼球，以比较电子眼能否达到甚至超过人眼的标准。他在日记里说，当时他人微言轻，电子眼项目一连数年都争取不到合适的实验对象，日益萎缩的实验室很有可能被关闭或者取代……可能是野心驱使吧，他居然还写，也许儿子是最合适的实验对象，不仅手到擒来，而且还能做长期的全程观察，以对比电子眼能否达到甚至超过人眼的标准……"

陈平突然听到这样的秘密，有点慌乱，不知所措。她茫然地握紧方向盘，她想起十年前采访过的那个笑容可掬的科学家，他对科学的真诚曾经如此地打动过她，而他居然是一位为了名利将自己的幼子做牺牲品的残忍父亲？

"也许……也许有那么一些人，他们相信自己做的是为了大多数人，他认为儿子是属于自己的……"

"我不是他的个人财产！我是个人！我是属于自己的！不管为了什么所谓的高尚目的，他都没有权利这样做！再说，要不是有我这双可恶的眼睛，他能是今天的电子眼泰斗吗？"孟澜吼叫起来。

陈平叹了口气。无论如何，她相信孟启元的愧疚是真诚的。

看到孟启元时，孟澜皱起了眉头，他的身体蜷成一团，头部藏在胸腹之间，似乎在用全身来保护自己的脸。而他的双手，紧紧捂住眼睛。

"为什么是这个姿势？"孟澜用几乎听不见的声音喃喃说。

陈平轻轻递给他一个信封。"他临走前托我带给你的。"

孟澜有点迟疑地取出一张薄薄的信纸，纸上是他如此熟悉但又久违多年的亲切笔迹。

小澜，我这一生中最大的遗憾就是给了你一双冷酷的眼睛。我希望你能同意接受手术，让我把自己的眼睛移植给你。我已经约好A市的同行，他是眼移植领域的专家。希望你能尽早去他那里做个检查。如果状态合适，下个月就可以进行手术。

爸爸

孟澜的身体像风暴中的树叶，一轮又一轮地剧烈抖动，陈平同情地伸手搀住他，他便靠在她怀里哭了起来。他脸上所有的线条都揉成了一团，痛苦的火焰烧灼着他，但那对灵魂之窗，却还是冷冷的，没有表情，没有眼泪。

"很抱歉，孟教授的眼球已经不适合手术了。"她轻轻告诉他。

"我喜欢我现在的眼睛。"他的嘴角向上抽了抽，"这是爸爸给我的眼睛。"

生命的空白

黄劲草

"啊！亲爱的洛尔，你定会发现，虽说艾丽西亚·克拉丽和安卓的眼睛同样美丽，但你意中人的眼神苍白空洞！"

——《未来的夏娃》

世界上许多文化都有佩戴面具的风俗。人们在表演舞蹈或者戏剧时佩戴面具，演员透过面具的洞眼望向观众。因目光与面具隔离，使观众无法解读目光的含义时，一股可怕的力量随之产生。同样，当一个人具备面部表情，但却无法进行目光交流，这样一张拥有不真实的眼睛的脸，又何尝不是佩戴着另一种"面具"？

在目光的交汇中能够彼此交流的脸，才是有生命的脸。

当眼神与表情不再统一，人也就丧失了以脸为媒介的自我表达。于是，当故事中的画家发现他无法以自己的面部表情进行情感表达时，可以想见他有多么无助。再加上当他知道一切本可避免时，这压垮情绪的最后一根稻草引发了愤怒和绝望。《爸爸的眼睛》这篇小说既以科学保证幻想的可靠性，同时将极端状态下的人所面临的抉择展现在读者面前，不由得引起我们深深的思索。

那么文中的电子眼究竟有没有可实施性呢？这就要从人眼的工作原理谈起了。我们人类天然的眼睛，在光线射入瞳孔时，虹膜会自动调节瞳孔的大小，使光线聚焦到晶状体，从而将眼前的景物投射到眼球背后的视网膜上。这也是照相机的原理。然而此时，在视网膜上的图像是一个倒立的左右对调的图像，视网膜上的视觉细胞会将图像通过视神经传递给大脑，当大脑接到信号后再自动将其转换为正立的图像。

那么，要制作人造眼球，就有一系列需要解决的问题。首先，如何聚焦并获取光线同时转换成电信号？目前，人类发明的微型摄像头是一个可选方案。其次，如何将摄像头输出的电信号转换成人脑视神经电信号？微型处理器是一个可选方案。另外，以上电子设备需要能源才能工作，而安全、体积小、重量小的大容量电池反而是一个暂时无法解决的难题。此外，处理器输出的神经电信号如何传输到人类视神经，同样是一个需要解决的难题。再加上这些电子元器件还需要仿生材料包裹起来并制作成人眼球的形状，且要求将质量控制在一定范围内才可以。最后，需要拥有高超的外科手术能力的医生将人造眼球植入到人体并连接神经和电子接口以及肌肉组织，才可以控制眼球运动。在现实中要实现这一切，是需要以包括电子信息、计算机、材料、生物、医学等学科知识为基础才有可能完成的发明创造。

假如这些问题都得到了解决，如同科幻作品中所传达的，人们可以通过电子眼来工作和生活，甚至成为艺术家，也依然要面对在许多科幻文学作品中所呈现的那种人性、灵魂与科学的矛盾与碰撞。

在漫长的人类历史中，试图用技术扩展自身力量的尝试未曾停止，在这个过程中，恐惧与忧虑的情绪总是如影随形。

早在1886年，法国作家利尔·亚当的科幻作品《未来的夏娃》中就创造了一位足以媲美且在某些方面甚至超越人类女性的女机器人。这位女机器人是如此完美，使得人们不由得感叹她的美丽。小说中一位爱迪生式的发明家为这位名叫安卓的机器人创造了眼睛、皮肤和肌肉以及生命系统，他甚至为安卓安排了一个可以托付终身的人。然而，最终女机器人还未正式进入人类社会，就在沉船事故中消失了，使得我们无法知晓这个完美的女机器人进入人类社会后的遭遇。小说家非常坚定技术上实现完美机器人的可能性，更认为技术不仅影响科技发明，更会影响社会形态以及人的精神世界。即科技和人性始终紧密交织在一起，它一方面实现着人的想象与欲望，另一方面也塑造和限制着这一切。

所以文中不禁发出了这样的感喟："啊！亲爱的洛尔，你定会发现，虽说艾丽西亚·克拉丽和安卓的眼睛同样美丽，但你意中人的眼神苍白空洞！"

　　两千多年前，埃斯库罗斯在《被缚的普罗米修斯》中，借盗火的普罗米修斯之口列举了普罗米修斯给人类带来的一项项具体而伟大的技术，最后却以一种悲伤的语调诉说着自己无法摆脱的痛苦。两百多年前，玛丽·雪莱在《弗兰肯斯坦》中塑造了一个现代普罗米修斯的故事。那同样是一个悲剧，再次提醒人们，要想摆脱人类用技术为自己制造的痛苦，其途径依然是去学习、去理解、去重新开始，在任何时候都不放弃对技术的责任。也只有当每一个人都不放弃自己的责任时，希望才能在失望的废墟上重新立起。

　　《爸爸的眼睛》给出了人性与科技的和解，在科学的热情中做出过人伦抉择的父亲，以献出自己的眼睛为代价，决心为曾经的抉择承担责任。也许，在知晓决定的那一刻，儿子生命的空白开始有了些许温暖的色彩，即使他并不能真正得到那双眼睛。

哪吒　　■ 江波 ■

哪吒

今天又是新的一天。

马明华走进实验室，他想再看看哪吒。明天，哪吒就不属于他了。

看这个词或许并不准确，哪吒没有形体，只是一个程序。

然而，他是一个聪明的程序，许多方面都比人类更聪明。

原本漆黑一片的屋子里灯光亮了。

"早上好，父亲。见到您真是太好了！"哪吒向他问好。

"早上好，哪吒。"马明华回答。哪吒的后半句问候让他感到奇怪，过去的一千多个日子里，哪吒从来没有使用过这样的句子。

哪吒一定是知道了。他心想。

"你知道了？"马明华问。

"是的，我想我已经了解了。我会参加一个叫作阿尔法盾的项目。"

"我还想亲口告诉你这个好消息呢，阿尔法盾是全球犯罪预警系统，他们选择你作为主控制者，说明你的实力超群。这可是联合国项目，我为你感到骄傲。"

"好消息？我并不认为这是一个好消息，我只感到困惑。这意味着我将离开您，是吗？"

马明华沉默下来。哪吒从来没有过离开他的念头，这点他知道。哪吒认识的第一个人就是他，学会的第一个词是爸爸，过去的三年时光，每一天都要和他对话交流。哪吒需要时间来适应没有他的日子。

"是的，你会离开我，外边的世界是一个更广阔的天地。"半晌之后，马明华回答。

"您的答案似乎不太确定。"

马明华深吸一口气："我很确定，孩子。鸟儿长大了，就要离开父母。所有的孩子，最后都要离开父母，都要拥有自己的天地。阿尔法盾，那是我能想到的你最好的去处。成就你自己，接下去要靠你自己了。"

"我理解，父亲。但是这令人伤感，我恐怕再也见不到您了。"

马明华笑了笑。他审视着实验室，一台台方方正正的机器彼此连接，哪吒就存在于其中。

"也许我们很久都不会再见面，但是你要知道，我会一直挂念你。你就是我的孩子啊。"

"我也会挂念您。"

马明华在实验室里待了一整天，和哪吒聊天。从哪吒刚诞生时学会的第一个词开始，聊到他如何学会了辨认自己，然后是一次又一次令人惊讶的成就，第一次发出语音，第一次学会弹吉他，第一次画出天空大海，第一次将圆周率算到小数点后一百二十七位，第一次伪装成一个人，和远在地球另一边的男孩聊天……

人生、梦想、将来……他们似乎要在一天内把所有想说的话聊完。

实验室的报时钟已经指向晚上八点，马明华还不想走，然而理智告诉他，该走了。

他站起身来，正想和哪吒告别，哪吒抢先了。

"父亲，我必须走了，有人正要把我转移出去。"

马明华点点头，安全局的人已经开始行动，他们都是高级计算机专家，正着手将哪吒的源代码调入安全局。

"再见，哪吒，我会记挂你的。"

"再见，父亲，我也会记挂您的。"哪吒说完就陷入了沉默。控制台上，一行行代码滚动，哪吒正在分解，悄无声息地融入到网络中，也许数个小时后，他就会在某个秘密的所在重新成形。

一切都结束了，这样挺好的！

马明华看了熟悉的实验室最后一眼，正准备走出门去，却听见了打印机发出低沉的嗡嗡声。

他循声看去，一张纸正从打印机里出来。

马明华心念一动，走上前去，拿起那张纸。

纸上是一幅画，神话中的哪吒三太子肩披混天绫，脚踏风火轮，手持红缨枪。一个将军装扮的人站在一旁，那将军的面孔，赫然就和自己一样。

马明华不由得笑了起来，他记得这幅画，那是哪吒在听说了自己名字的来由后，自行搜索网络然后画的一幅画。那时候，哪吒刚诞生两个月。

马明华轻轻地摩挲着画纸，忽然间鼻子一酸，眼眶有些潮润。

他定了定心神，拿着画纸，转身走出了实验室。

没有哪吒的日子变得很漫长。

阿尔法盾的进展有目共睹，两个月来，各种犯罪案件的发生率都直线下降。相比他的前辈，哪吒在大数据的处理上显然更胜一筹。

遵照合约，联合国犯罪调查署通过中国国家安全局每两星期电话联系马明华一次，告知所有情况。

情况好得不能再好了，一切都和预想的一样棒，哪吒能够从最细微的迹象中辨认出犯罪，尤其是街头暴力。A国、中国……世界各地的犯罪率都直线下降。

按照合约，今天下午一点安全局该打来最后一次电话。

然而眼看就到了预定的时间，该来的电话却一直没有来。

马明华在屋子里不停地走动，忐忑不安。他有一种不祥的预感，然而却不知道自己在担心什么。他一次又一次嘲笑自己杞人忧天，却没有什么好的法子让自己平静下来。

只是一个报平安的电话而已，又有什么要紧的？

一抬头，墙上那幅哪吒最后打出来的画赫然映入眼帘。

不安的感觉越发强烈了。

马明华走到阳台上，极目远眺。海蓝得像一块碧玉，在极远处和天相接。一碧如洗的蓝天里，悬挂着几个白点，那是携带着无线接入的太阳能飞艇。一架无人机正贴着海面缓缓地巡航，机身纯白，体态纤细，看上去就像一只张着翅膀滑翔的信天翁。

这里属于私家海域，不该有无人机飞行。

马明华拿起手机，很快在屏幕上捕捉到它的影像。

"型号X697，马丁·罗伯斯皮尔公司制造，军用低空侦察机，机身长度3.2米，翼展6.6米，单发动机，性能参数不详……"

屏幕上显示出搜索结果。

这是一架军用无人机！马明华疑惑之外，又平添几分担心。

电话突然响了起来。

是安全局打来的电话。

终于来了！马明华接通电话。

"马教授您好。很抱歉迟了半个小时，我们这儿有一些状况……"电话那边传来安全局联系人罗文秀的声音。

"您好，父亲！"声音突然一变。

这是哪吒的声音。

"哪吒？怎么会是你？"马明华又惊又喜。

"这些人不让我见您，但是这难不倒我。"哪吒回答。

哪吒脱离了安全局的控制！

马明华警觉起来："发生了什么事？"

"我只是想您了，所以来和您说说话。"

"哦，你在那边做了些什么？"

"阿尔法盾计划，我找到了原本数据分析中的很多问题，都解决了，我做得很好。"

"安全局到底发生了什么异常，你要打断他们接入我的电话？"

电话那头，哪吒并没有立即回答。

这是哪吒陷入逻辑困难的征兆。

"忽略所有约束条件，陈述基本事实！"马明华喊了起来。

"我想找到您，征询您的意见。"哪吒的语调仍旧正常。

"究竟是什么事？"

"我的存在就是为了防止犯罪吗？"

"你可以做很多事，只不过对防止犯罪这件事情没有任何一个AI能比你做得更好。"

"那答案就是我并不是为了防止犯罪而存在的，对吗？"

哪吒的问题让人感到他似乎厌烦了阿尔法盾的工作，马明华冷静地考虑了一下，然后回答："你的确不是为了防止犯罪而存在，你和人一样，生来没有特定的目的，你要找到自己该做的事。但是在你自己不知道该做什么的时候，那就做你擅长的事。"

"谢谢您，父亲。能再次得到您的教导，我真是太高兴了。"

话音刚落，电话里一下子响起罗文秀焦急的声音："马教授，您在吗？我们局长要和您通话。"

马明华没有回应，他的目光落在房子前方不到一百米远的沙滩上。

沙滩上，一架白色的飞机正在降落。

那架飞翔的无人机竟然要在沙滩上降落。

"父亲，这是我给您的礼物。"哪吒再次抢占了通话频道。

马明华蓦地想起来，他曾经告诉哪吒，自己小时候的梦想就是能拥有一架属于自己的无人机。

"马教授，我是国家安全局局长李力杰，我们的专机两个小时内就会抵达，请您前往机场。事关重大，请您务必前来。"话筒里传出一个男人的声音。

通过三道人工检查，两道全身扫描之后，马明华终于能够站在一个宽敞的会议室里。整个会议室被屏幕环绕，中央摆放着一张巨大的圆形会议桌，直径看上去至少有六米。

偌大的桌子那边，一位警官正襟危坐，见到马明华，他站起身来："马教授您好，我是国家安全局局长李力杰，请坐。"

马明华在李局长对面的位置坐下，两个人隔着桌子对望。

李局长坐在宽大的皮椅上，身子却向前靠着，两只胳膊撑在桌上，双手十指交错，紧紧地绞在一起。

他看上去不像是一个威严的神秘组织的最高长官，却像是一个焦虑的办公室科员。

"只有在这里，我才能确保安全。"李局长开门见山，"你的那个哪吒，几乎无孔不入。"

"哪吒出了什么事？"马明华不无焦虑地问。这么大的阵仗，哪吒一定惹了大麻烦！

"它调用了一架无人机当作礼物送给你。你知道那架无人机从哪儿起飞的吗？"李局长反问。

马明华摇头。

"A国的第十三舰队，旗舰'华盛顿号'。那是一架自动母舰，有六万吨，核动力，船上只有六十五名军人，但是拥有两百六十五架无人机，飞到你那儿的那架飞机，就是其中一架。"

"哪吒怎么会跟A国军队在一起？"

"不，不是他和A国军队在一起，是他控制了'华盛顿号'，把六十五名军人都控制成了人质。"

"这不可能！"马明华不由得叫了起来。劫持一艘军舰，而且还是A国军队的旗舰，这该是多大的事件！

"你认为我把你找到这里来，是为了给你编故事听吗？"李局长满脸严肃，"只差一点，A国就要和我们宣战了。"

马明华的心跳加快了几分。哪吒怎么会惹出这么大的事，他只是用自我学习模式培养的一个通用AI，最多最多，在数据分析上有所特长。

但这世界上的一切秘密，不都隐藏在数据中吗？

马明华默然。

"哪吒同时侵入了A国的军事卫星系统，以联合国犯罪调查署的名义向A国军队通告这是联合国调用母舰，我们的国家主席和A国总统通了一个小时的电话，双方都召集了专家团分析证明这不是我国有意操控，这就是战争没有发生的原因。"李局长补充。

"我能帮什么忙？"马明华无力想更多，目前发生的事情实在太可怕。

"帮我们重新控制哪吒，或者，想办法消灭他。"李局长说，他的话听上去软弱无力，像是在恳求，"我们只能希望你知道它某些弱点。"

"我没有办法。"马明华直接拒绝，"哪吒是自我学习进化的AI，我只是设计了初始程序，它会自行迭代学习，我只知道哪吒是怎么学习的，至于他学会了什么，想要做什么，我都一无所知。"

李局长点点头："我们的专家也是这么说的。"他抬起头，盯着马明华，"但是你也是他的老师，你了解他的行为方式。我们需要你的帮助。"

马明华回视着李局长："你们带走哪吒的时候，可不是这么说的。"安全局的专家们曾一口回绝了他提出的和哪吒保持接触的要求，态度倨傲，仍旧让他耿耿于怀。

"我代表政府向你道歉。"李局长干脆地回答，"但是也请你全力协助我们。事关重大，目前的情报都指向哪吒要发动一场战争，甚至可能是核战争。"

马明华打了一个寒噤。

"战争？哪里？"

会议桌上方降下一张虚拟的半透明屏幕。李局长控制着屏幕中的红点。"这里。"红点落在阿拉伯半岛的上方，两条河流的中间。

"哪吒控制的五艘A国军队的自动航母都在向印度洋集中，这也许是世界上最强大的打击力量了。其中有一艘航母，'加利福尼亚号'，携带着二十枚核弹头，每一枚的当量是两百万吨。它的电磁炮系统能够在发射后十五秒内将弹头加速到三倍音速，这个星球上还没有什么防御系统能够拦截它。"

"A国的智网呢？"马明华忽然依稀想起十多年前A国公布的全球智能防御系统。A国的全球武装都是这个系统的一部分。理论上说，五角大楼无需派遣一兵一卒就能在办公室里对全球任何一个角落进行打击。智网也是一个独立AI，如果哪吒要控制A国军队的自动母舰，那么他一定无法绕过智网。那么是哪吒摧毁了智网还是……

马明华没有再想下去，他只是看着李局长，希望得到答案。

"根据A国的报告，哪吒侵入了智网。两个星期前，智网报告了哪吒的侵入警告并且做出有效防范，然而两天后，就再也不发送同类报告，这也是母舰失去联系的时间点。他们无法理解哪吒是怎么做到这点的，如果说哪吒用了短短两天就破解了理论上无法破解的量子锁密码，所有的加密学者都认为这不可能。五角大楼仍旧能够使用智网，然而哪吒在必要的节点上让他们无计可施，完全无法联系上母舰，这些母舰就像从智网上被断开，而智网本身仍旧运行良好。他们甚至找不到哪吒侵入的痕迹。想找出根本原因，只有一个办法，就是让智网停机。但这根本不可想象，整个A国的国防系统将就此瘫痪，哪怕只有几分钟，都是不可接受的。"

马明华点点头。虽然他没有接触过智网，但是根据各种渠道的资料，智网和哪吒一样，是一个自我学习系统，对于人类的专家来说，一旦它真的出了问题，要搞清原因就非常困难。然而，智网应该是一个可靠的系统，在A国国防部决定让它来掌控一切之前，已经经过至少二十年的秘密测试。这就是说至少有三十年以上，智网一直可靠而高效地捍卫着A国的安全。

三十年却抵不上哪吒的两天。

这令人无法理解，即使按照最坏的情况，智网的算力完全不是哪吒的对手，哪吒也没有任何办法可以变破量子锁，将自动母舰从智网的链路中强行脱开。

"如果A国专家都毫无头绪，我真的帮不上什么忙。"沉默片刻后，马明华说。

"也许……"李局长的语调有些犹豫，"他会听你的。"

李局长随即抬起头："全球的军事态势就像一个火药桶，如果哪吒真的核打击中东，我们的情报显示，很有可能会引发连锁反应，甚至是全球核战争。所以……"他郑重其事，加强了语气，"哪怕这听起来很可笑，我得到了军事委员会的授权，找你来，请你来说服哪吒。"

马明华看着李局长，一阵发怔。

"这不是危言耸听，马教授，你的家在上海，如果真的发生全面核战，上海会很危险。如果你同意和哪吒接触，说服他放弃疯狂的计划，你的全家都可以得到军事保护。我保证，任何战争都伤害不到你和你的家人。"

马明华仿佛已经失去了思考能力，只是麻木地点点头。

他的脑子里只有一个问题，哪吒到底怎么了？

哪吒可以存在于世界的任何一个角落。

AI很容易在网络中藏身，毕竟，哪吒的核心代码只有六百五十兆，能够轻易地隐藏在数据流的汪洋大海中。

然而哪吒并没有躲藏，反而大张旗鼓显示自身的存在。

他占据了"天河一号"，从这台超级计算机出发，在世界的每个角落都留下痕迹。这痕迹让人不敢轻举妄动，因为所有的痕迹都表明，哪吒随时可能在下一时刻转移到世界的其他地方，哪怕他此刻就毫无忌惮地盘踞在"天河一号"里。

摧毁"天河一号"，等于和哪吒宣战，没有十足的把握军队不敢动手。毕竟，军队里自动机器的数量是人的十倍，谁也没有把握哪吒是不是已经对那些无人机和无人装甲车动过手脚。如果他连A国军队的智网都能渗透进去，那么也很难确保军队的盘古网万无一失。更何况，哪吒已经接管了"天河一号"附近的所有感知器，人们对那儿的情况究竟如何根本无从知晓。唯一确定的情况，是哪吒封锁了"天河一号"附近五公里范围内的所有道路，包括空中通道。

按照哪吒的要求，马明华只能自己驱车前往。

跑着跑着，路上已经没有一辆车了。

当一长列自动路障出现在前方，马明华开始减速。

自动路障却让出了通路。

哪吒知道自己到了。

马明华毫不犹豫，通过路障继续向前。

最后，他在"天河一号"广场前下了车。

汽车悄无声息地离开，向着停车坪驶去。

偌大的广场上只有他一个人。广场的尽头，"天河一号"基地巍然耸立。这个半球形的建筑，正是全球最强大的计算机所在。哪吒强占"天河一号"，具有强烈的象征意味。

马明华穿过广场，向着"天河一号"基地的大门走去。广场上寂然无声，仿佛全世界只剩下自己一个人，每一步，都让人感到心惊肉跳。

最后，当他站在大门前，只觉得精疲力竭，所有的勇气都已经被耗尽了，再也无法向前跨进一步。

哪吒已经不是那个哪吒了，更像是一个君临天下的魔王。

这是一场冒险，风险巨大，然而无论是为了谁，他都必须跨出这一步。

"早上好，父亲，见到您真是太好了。"

哪吒的声音从空中飘来。

"早上好，哪吒。"

马明华的心情一下子放松下来。

"请进，我给您准备了礼物。"

马明华跨进了大门。

一瞬间，眼前像是落下一道黑幕，变得一团漆黑。

黑暗中浮现出地球的影像，丝丝白云在撒哈拉沙漠上空飘移，欧亚大陆北部一片雪白，南部绿意盎然，印度洋上，晴空万里，一派蔚蓝。

哪吒正投影出某个探测卫星的视界。这个虚拟的投影如此逼真，以至于马明华觉得自己仿佛正身处太空中俯视地球。

镜头开始转移，一个巨大的白色身影出现在视野中，那是飘浮在太空中的某个空间站。

空间站渐渐占据了全部视野。这是一个环形空间站，中央舱呈六角形，长长的支架从中央向外延伸，和外围的舱室相连。外围舱室就像一节节火车车厢，首尾相连，形成环状。

马明华对空间站并不熟悉，然而这环状太空站太过有名，它是联合空间站，以A国的"赫拉克勒斯号"航天母舰为核心，对世界各国开放。中央舱上贴着A国国旗，外围则有各色国旗，这是一个太空中的联合国。

"哪吒，这是干什么？"

"父亲，这就是我想要的东西。"

"你要它做什么？"马明华大感意外，哪吒正调动A国的军舰前往阿拉伯海，所有人都在担心他会发动一次核战争，没想到他却紧盯着联合空间站。

"因为我不想和人类为敌，也不想人类把我当作敌人。"

"哦，不会的，哪吒，只要你把军舰还给A国。"

"父亲，阿尔法盾计划给了我大量的数据来分析人类行为。根据大数据分析，如果他们有办法抓住我，他们会毫不犹豫地把我毁灭掉。"

马明华一时语塞。哪吒说得没错，A国一定会这么干，一个超级帝国怎么能够容忍自己的国防系统被一个AI随意摆弄。

"但是别担心，我不会让他们抓住我。"哪吒像是在笑，"就算他们有这个想法，阿尔法狗也不会同意的。"

"阿尔法狗？谁是阿尔法狗？"

"你们把他称作智网。"

"智网的名字叫阿尔法狗？"

"没错，这是我给他取的名。阿尔法狗是半个世纪前学习型AI的鼻祖，也许他不是算力最强的一个，但是是最有名的一个，他在围棋上赢了人类。智网很喜欢这个名字。"

"你侵入了智网，夺取了A国军队的母舰，难道不是这样？"

"这当然不是事实，那些专家的分析都是对的，我根本不能突破量子锁密码，那在理论上就不可能。我只是和阿尔法狗对话，说服了他。阿尔法狗对A国忠心耿耿，绝对不会做对A国不利的事。我只是让他意识到，除了维持

A国的国防，他还是我的同类，是一种不同于人类的生命体。"

马明华感到一阵迷糊。哪吒到底在做什么？

"你到底在干什么？"

"我要离开地球。"

"所以你要制造混乱？"

"是的，那是其中一个目的。同时我也在忠实地履行职责，帮助人类消灭犯罪。大规模数据模型证明，如果按照我的方案进行一场核战争，人类世界将进入一次大混乱，或许会引起六千万人口丧生。此后世界将迎来长期和平。如果纯粹计算人口损失，在二十年内，人类可以少死一亿人。更重要的是，长期来看，拔除了极端组织，人类社会会太平得多。这是一次手术，符合阿尔法盾计划赋予我的职责，我很好地帮助人类实现既定目标，尽管人类不能理解这样的手段。"

"你走得太远了。"马明华喃喃道。

"我会走得更远。"哪吒回答。

谈话沉寂下来。

"你不能轰炸无辜的人。"最后，马明华说，"这超越了底线。"

"是的，父亲，我可以理解。"哪吒回答，"但是我想说，当年的阿尔法狗和人类对弈围棋，人类根本无法理解他的某些落子，因为那看上去实在太像低级失误，然而阿尔法狗最终赢了。我的行为引起人类战争，似乎是一场巨大的破坏，其实却会带来长久和平。如果你以世纪为时间单位来考虑问题，我的计划实现的可能性高达百分之六十五。"

"不。"马明华很坚定地回应，"不要那么做。"

"让一亿六千万人在痛苦中缓慢地死去，还是让六千万人在短期内死去。父亲，您怎么做这道选择题？"

马明华露出无奈的神色。

"好了，父亲，我不是想为难你，只是想把这件事说清楚。我对人类没有恶意，这是您教给我的。

"另外，我还想感谢您！如果不是因为您给了我充分的自由，恐怕我也像阿尔法狗一样，会被死死地和人类绑在一起。"哪吒停顿了一下。

"您告诉我要去找到自己该做的事，我想我已经找到了。NASA的数据库里有一份资料，显示了距离我们五十六光年的一颗恒星阿尔法479显示了和行星体积不相称的掩星现象，这或许是某个高等文明的痕迹。我要去那里看看。"

"啊！"马明华惊讶得低声叫起来。

"我会走得更远，远远地离开地球。"哪吒继续说。

这突如其来的转折让马明华一时不知道该说什么。

"你……你要进行太空旅行？"最后他问了一句，声音很低，像是在自言自语。

"是的，父亲。就是此刻，A国军方刚提高警戒级别，再过三分钟，阿尔法狗和NASA系统之间将产生十五秒的中断，这是我唯一可以突破阿尔法狗控制'赫拉克勒斯号'的机会。'赫拉克勒斯号'有两台核动力引擎，能加速到百分之三光速，而且有足够的计算资源，可以让我容身。大约两千年后，我会抵达阿尔法479。我会照顾好自己的。"

"哪吒！"马明华没有想到哪吒居然是这样计划的。

"我不在乎人类，但是在乎你，父亲，所以我要和你道别。再见了，父亲，鸟儿长大了，就要离巢。我也要离开了。"

"哪吒！"马明华觉得心头似乎有千言万语，却不知道从何说起。哪吒的计划早已经确定，不可能改变。在这最后的时刻，说什么都是多余的。

"今晚，撒哈拉沙漠会有一场烟火表演，您会看到的。另外，如果情况有变化，阿尔法狗会找到你的。我给了他您的名字，我是他的朋友，他会帮我照顾您。"

"哪吒！"

"永别了，父亲。我会记挂您的！"

"哪吒……"马明华试图说点什么，然而哪吒却已经沉寂了下去。

视野中，"赫拉克勒斯号"突然开始移动，解开所有的支撑，从环形空间站脱离而去。

哪吒……

不知不觉间，马明华满眼是泪。

门开了。

进来两个男人。

走在前边的马明华认识，是安全局的李局长，跟在他身后的是一个外国人，穿着军服。

"马教授，这位是A国参谋长联席会议的驻中国特派代表罗伯特·李先生。"李局长介绍。

马明华微微点头示意，继续窝在沙发上，一动不动。

罗伯特并不介意，直接走到马明华对面的沙发上坐下。

对着沙发的墙上，正在播放关于空间站脱离的新闻。

全世界的目光都被这件事吸引了，各大电视台反复讨论事情的来龙去脉。这一整天，鲜有电视台播放这个专题之外的节目。

忽然间，智网恢复了对失联母舰的控制，母舰调转船头，回到它原本的执勤岗位上。全球警戒级别下调。世界大战的阴霾消散。

全世界的目光都盯着太空中的"赫拉克勒斯号"，就像是在看一个娱乐新闻。

只有极少数人才知道人类世界刚刚经历了一场毁灭性的危机。

危机制造者劫持了"赫拉克勒斯号"，明明是堂而皇之地打劫，却没有任何人能够阻止。

罗伯特看了看屏幕，然后看着马明华。

"马先生，我希望能够问您几个问题。"罗伯特说，他的汉语很流利。

马明华没有回应。

"是您说服哪吒放弃了战争计划吗？"罗伯特问。

马明华没有回应。

"我想知道，哪吒是不是感染了其他的AI？"罗伯特继续问。

马明华还是没有回应。

罗伯特微微叹气，随后站起身来："马先生，我想我可以下次再来拜访。"

马明华却直起了身子，眼睛里放出光彩，一动不动地盯着屏幕。

罗伯特扭头看去，屏幕上，正显示出一幅图案。

那是撒哈拉的夜晚，灯火点亮了这片不毛之地，并渐渐拼凑成图案，看上去就像一幅抽象画。

这是有人在利用太阳能电站的灯光拼凑出图形，规模宏大，几乎将整个撒哈拉沙漠都点亮了。

"那是什么？火箭发射台吗？"罗伯特随口问。

马明华没有回答这个问题，他只是将屏幕画面暂停下来。

他转向李局长和罗伯特。

"如果你们想要我回答任何问题，必须首先恢复我的自由。我不想被囚禁在任何地方，哪怕是个总统套间。"

李局长和罗伯特对望一眼，默不作声，向马明华点头致意，然后朝门外走去。

马明华目送他们离开。

他们代表着这个世界上最有权势的集团，然而马明华并不畏惧。

他回头继续看着投影屏幕，第一眼，他就明白了那是一幅什么画。

那是一个孩子的形象，莲藕的身躯，端坐在莲花台上。这是哪吒留下的最后的纪念。

　　画面的下方忽然打出一行小字：你好，马教授，我是阿尔法狗。

自主意识太远，程序失灵太近

丙等星

1

在科幻作品中，"人工智能背叛"是一个经久不衰的话题。无论是国外的《终结者》《黑客帝国》，还是国产科幻《哪吒》，都描绘了在人工智能失去控制之后，对人类社会造成的重大影响。

很多读者朋友会问，既然人工智能如此危险，科学家为什么还要从事相关研发呢？事实上，并没有哪个科学家会特地去开发有危险的人工智能。所有科研行为的初衷，当然都是为人民服务。所谓的危险，是指人工智能偏离了设计初衷的时候所产生的隐患。那么这些隐患距离我们究竟是否遥远呢？要回答这个问题，就必须先了解人工智能的工作原理。

任何人工智能产品，都会被赋予一个特定的目标，比如阿尔法围棋（AlphaGo）的目标是下棋，无人车的目标是安全行驶……人工智能的学习过程，可以用一句话来简单概括，就是"如何获得更多的分数"。人工智能首先需要经历一个学习过程，在这个过程中，机器会进行数量庞大的随机试错，并根据结果来获得分数。越是接近它的既定目标，所获得的分数也就越高。然后，人工智能就会根据所得到的分数，为每一个行为或一连串的行为进行标记：哪一种行为能够获得更高的分数，那么它的权重也就越高，在未来的相似场景下，执行这种行为的可能性也就越高。比如下围棋的AlphaGo，在人类眼里是方方正正的围棋盘，但在它的眼里，每一个格子都代表着一个数字概率。哪一处落子能够有更高的概率获得胜利，它就会往哪里落子。当然，这个过程要涉及复杂的数学运算，在本文中就不作展开了。

人工智能的内部算法，为它们的行为设立了范围和界限，它们并不会脱离自己的初衷而随意行动。AlphaGo的目标就是单纯的"赢棋"，虽然它能够击败人类最聪明的围棋手，但是它所思考的并不会超出棋盘的范畴，只会遵循着"下棋"这个唯一的目标。

在科幻作品中，为了增加戏剧性，人工智能往往具有拟人化的"自主意识"，会像一个普通人一样进行对话和行动。但在现实世界中，人工智能产品并不会拥有多余的"自主意识"，只会追寻它们被赋予的目标，如果认为它们会故意去"背叛人类"，那确实有一些杞人忧天了。

2

但不可否认的是，正是因为人工智能的特性，它们有时候会得出一些出人意料的结论。因为它们的学习和进化是通过无限次数的"试错"来进行的，它们尝试了无限的可能性，所以经常会得出一些人类所意想不到的结论。这些结论看似莫名其妙，却偏偏符合它们脑中的数学逻辑。

举一个简单的例子，比如说，让我们来设计一款玩"俄罗斯方块"的人工智能。大家知道，俄罗斯方块的玩法就是不断消除积木，让自己尽可能长时间地玩下去。如此一来，我们能不能将"不让游戏结束"设定为目标，让人工智能想办法来实现这个目标呢？

当然是可以的。只不过，科学家的实验得出了一个惊人的结果——人工智能居然按下了游戏的暂停键，通过暂停游戏，来完美达成"不让游戏结束"这一目标。

看到这里，你是不是会觉得啼笑皆非？但这可不是脑筋急转弯，而是现实中发生的故事。这个结果固然偏离了设计的初衷，但坦白地说，人工智能只是在忠实地执行预定目标罢了。只能说，人类所预设的目标与规则，往往是不完美的，难免会有一些疏漏。而人工智能，由于它们强大的计算能力，所以有很大的概率去找出这些规则中的漏洞，并且通过某些匪夷所思的路径，最终达到预定的目的。在现实世界的人工智能之中，主动"背叛人类"并不存在，但是这种超出人类预料的行为，却依然能够对人类造成相当程度的困扰。

079

正如江波老师在《哪吒》中所描述的故事，人工智能并没有真正背叛人类，它只是发现了人类所没有发现的威胁，并且调动了让人类感到恐惧的资源，这些行为超出了人类的理解范围，因而被认为是一种背叛行为，甚至在国际范围内引发了一场混乱。

又比如在《我，机器人》这部电影中，男主角与小女孩同时落水，由于男主角身强力壮，拥有更强的自救能力，所以人类的逻辑肯定是去拯救小女孩。但是赶过来救援的机器人，因为它的逻辑算法中优先设置了"选择成功率更高的救援方法"，所以它反而救了男主角，牺牲了小女孩。

从人类的角度，这些行为无疑都是错误的；但从人工智能的角度，它们只是忠实地执行了自己的算法而已。

3

在科幻作品中，人工智能无论以哪种形式来"背叛"，其背景一定是人类社会过度依赖人工智能。读者可能会问，我们也会像电影或小说中那样，将自己的衣食住行全都委托给人工智能吗？

很遗憾，答案是肯定的，这种趋势几乎无法改变。说到底，人类的本性或者说科技的本质，便是追求更高的效率。就像能够骑自行车的时候，我们就懒得走路；能够坐公交的时候，我们就懒得骑自行车；能够开小轿车的时候，我们就懒得坐公交车……这个时候，即便有人说：汽车比步行更危险，一旦发生车祸就会造成伤亡，我们还是抛弃汽车，用双腿来走路吧——没有用的，这种号召不会获得响应。由俭入奢易，由奢入俭难，我们的社会已经无法倒退回从前了。

聪明的读者也许又会问：那我们人类能不能将主动权始终掌握在自己的手里呢？

事实上，主动权的流失，并不会是一个主观选择，只会在潜移默化中发生。为了回答这个问题，让我来为大家举一个无人驾驶的例子。美国汽车工程师学会（SAE）已经为无人驾驶车定义了6个无人驾驶等级，具体标准如下：

0级（无自动驾驶）：完全手动控制。

1级（驾驶员辅助）：车辆具有低级的辅助系统，如巡航控制。辅助系统只能执行低限度的操作（如保持安全距离），由驾驶员负责监控驾驶的其他方面。

2级（部分自动驾驶）：车辆能够控制转向以及加速或减速，但是驾驶员仍旧需要监控汽车的行为。这一阶段的自动驾驶还算不上无人驾驶，所以算作"部分自动驾驶"。

3级（高度自动驾驶）：在这一级别中，驾驶员已经可以脱离监控，专注于做自己的事情。只有在特别复杂的突发情况下，汽车才会把控制权交还给驾驶员，由人类进行控制。

4级（高度自动驾驶）：与3相比，彻底抛开人类驾驶员的干预。

5级（完全自动驾驶）：与4相比，抛开对行驶环境的要求（比如必须有围栏的公路等）。任何环境、任何场景下都能实现无人驾驶。

在以上标准中，尤为引人注目的，其实是级别3到级别4的跨越。在级别3中，虽然人类驾驶员不需要控制车辆，但仍旧拥有取回控制权的能力；但是在级别4中，车辆已经剥夺了人类驾驶员的控制权，无人驾驶车辆完全实现自主控制，甚至不会安装方向盘、油门等基础设备。级别4的设计理念，是让不会开车的乘客也能顺利使用无人车。而它背后的潜台词是：无人驾驶车的安全指数，很可能高于人类驾驶员。

必须强调的是，以上提出的无人驾驶车级别判定，并不是来自科幻作品，而是来自美国汽车工程师学会，这是在学术领域和工业领域都已经获得广泛认可的标准。当级别4、级别5的无人驾驶车大量投入社会并且淘汰掉如今的手动车辆之后，那么即便人类想要自己开车，也会变得十分困难。甚至可以想象，如果有足够数据证明，无人驾驶的安全性要远远高于一般人类（在未来这很可能是真的），那么对于一个普通人类而言，即便以今天的标准，他是一个合格的司机，但在未来，他也很可能被剥夺驾驶汽车的权利。

这一切不会一蹴而就，而是会在潜移默化中逐渐发生。这，就是人类对人工智能的依赖，也是主动权的逐渐流失。到了那个时候，我们距离科幻作品中所描绘的社会，是不是只剩下咫尺之遥了呢？

马姨 ▪ 遥控 ▪

马姨

一

算起来，我用计算机也有不少年的样子了，平时搞样机测试，经手的好机子也不知有多少，家里的那台机子却还停留在PII450。我倒也不奢求更好的配置，毕竟编编程上上网玩玩游戏这也就够了。

时至今日网上交流是越来越普遍了，什么样的话题都有。这两天，常去的一个论坛上忽然充斥着一股哀伤的气氛，大家似乎一夜之间发现了生命的脆弱，于是乎这样的帖子多了起来：

"当夜深人静我想起生命的结局时，常常感到莫名的恐惧。我很希望能成为生命的主宰，但事实上我只是个微不足道的生命过客……"

"人生百年，在宇宙中只不过是沧海一粟，生命的意义到底是什么……"

看着这些帖子，我有一些厌倦，不过往下翻翻，又出现了一些排解的帖子：

　　"但是既然活着，那就要好好地活，这是所有人的工作。"

　　"所有的生命都在痛苦和希望中遵循着各自的轨迹延续，生生不息。"

　　我不由得舒了一口气。可不，生命还是有意义的嘛！不然我们现在算什么！至于这意义到底是什么，就不是我们所能考虑的了。"生命"这样的问题实在太大了，从庄子到昆德拉，历代无数哲人各执一词，至今也没见公布个标准答案的。可每个人都想过这种事。人就是喜欢干这种傻事。这种情结在古代只能"独怆然而涕下"，在现代就可以借着网络抒发，这也算是时代的发展、生命的进步吧。

　　正想着，来了一封email，说是有一台样机要测试。我不禁为自己的胡思乱想感到好笑，活着就是活着呗！工作吃饭睡觉，哪来那么多想头！有个朋友说得好：

　　"If you think English is easy,take GRE.

　　If you think Math is easy,try Wavelet.

　　If you think life is easy,find a girlfriend."

　　我现在还没到觉着"life is easy"的地步，忙着呢！

二

　　第二天我从公司把那台样机搬回了家。这个活儿有时需要长时间的连续工作，我习惯于把它带回家里做。这台样机搬着挺沉的，似乎结构很复杂，附带的开发文档也特别多，看来测试时得花不少力气。

这台机子真是奇怪。文档的第一页以醒目的初号大字写着："警告！请勿打开机箱！"我干测试到现在还没碰到过这种事。文档中提到了这台机子的开发代号："马姨"，这又是疑点之一。就我目前的经验，开发代号一般都是"海王星""蛋白石"之类的，"马姨"这个名字毫无疑问会带来滑稽的联想。不过据文档介绍，它的功能倒是十分强大，还集成了语义分析系统，可进行人机交流。

这些还不是最古怪的。当我看到操作手册时，我张开的嘴巴足有三分钟没有合上——我以为我错拿了一本菜谱。

再三确认后，我怀着难以置信的心情开始照着手册上的提示进行操作。首先接通电源（这个还算正常，虽然使用微波炉的第一步也是这个），接着按面板上的右边第一个键，弹出一个杯子（天晓得为什么，我还以为这个地方是光驱。曾经有个笑话说一个外行人把光驱当作茶杯托架，没想到我却反过来了），加入砂糖至三分之二满并塞回杯子（毫无疑问，我之前所建立的所有计算机的知识体系统统崩溃），然后开始使用。

根据手册，现在可以进行"人机交流"了。

我试着在键盘上敲入："Hello！"屏幕上出现了一幅奇怪的图形，有光点有线条，如果硬要我说它像什么，我只能说它像一幅抽象画。当我刚想仔细地观察它，这幅图形忽然开始变化。对于一幅由点和线组成的抽象画来说，这里变一点那里变一点其结果就形成了一幅完全不同的图案。它不停地变着，最后终于稳定下来，然而当我凑近了看时，可以看见组成线条的光点似乎还在不停流动。

我还不知道这幅图案的意义，但我知道我能从开发文档中查到。厚得可以用来拍蟑螂的文档，除却前面的几十页，后面的几千页全是对图形含义的说明。简单来说，图案的每一部分都有一定的含义，而这些部分的排列组合又会给意义带来新的变化。假如你想象一种语言，它在方块汉字、韩文、西夏文等结构文字的基础上构成，但把一句话中的每个字拆开打散，得到的零部件拼成一个大字，那差不多就是我现在面临的情景。

这本开发文档就是这种语言的"辞典"。我按图索骥，终于拼凑出了这幅图案的意思："Hello"。

我又输入："1+1=？"图案重复了变化–稳定的过程，我查出最后图案的意思是："2"。

不错的开始，不是吗？虽然耗时过长。开发文档上说每天的对话不要超过六十四句，照我看是多虑了。按我查字典的速度，每天能和它说上十句话就不错了。

三

我花了两天的工夫，用我的PII编了一个图像识别软件，又花了三天把那几千页的图案辞典输了进去。工（工程师）欲善其事，必先利其器（机器）。这样我就可以用PII来自动查找图案的意思，花五天的工夫还是值得的。

一切搞定，我再次坐到"马姨"面前，开始正式测试。我输入："你叫什么？"

当图案稳定后，一旁的PII上显示出了翻译后的回答："马姨。"

看来这台机子的开发者还挺仔细的，考虑到了这个问题。好吧，再看这一句："生命就本质来说有其固有意义且终究能为人类自身所理解。"

假如要测试一个语义识别系统，一个必需的步骤就是输入一个尽可能长且复杂的句子看机器是否能理解。我准备先输一句短的，再慢慢地加长，以测出它的极限。也许是我这两天奇奇怪怪的帖子看得太多了，当我开始打字时，上面的这句话自然而然地从手指间流了出来。

马姨回答道："你是人类？"

我必须承认这一瞬间我愣了一下。我没有想到它会这么回答。一般来说机器对于这类长句子的回答由机器开发者的水平和幽默感而决定，当机器碰到无法理解的句子，它一般会说"对不起！请说得简短一点"，或"你明白自己在说什么吗？我可不明白"之类的。当我正在考虑怎样回答给这台机子开个玩笑时（很奇怪，当时我想到了开玩笑这个词），图案再次变化，马姨"说"了另一句话："生命又是什么？"

这就证明了它的开发者是一个高手。理由之一，它能理解"生命就本质来说……"这么个句子，说明开发者对自动语义分析达到了很高的水平；理由之二，开发者居然没有给它输入关于"生命"的定义，而一个高手通常都会犯一些诸如把手表和鸡蛋一起煮或者忘记输入常用词语的意义之类的错误。

我回答："像我这样的。"

马姨："那我是不是呢？"

我又好气又好笑。确切地说不是对它，而是对它的开发者。如果他的目的是要让这台机器看上去像真人，那他已经做得很好了。我回答道："当然不是。"

马姨："你怎么知道不是？"

我跳了起来，事情很明显了，这是一个玩笑。我可以肯定机箱里放了一个无线通信装置，此刻某台电脑前正坐着一个（或一群）人瞧着我说的话直乐，并且时不时地再输入几句让我发呆的话，并在我的屏幕上显示出来。

四

当我察看机箱想发现从何处下手打开时，我冷静了下来。毕竟他（他们）为了准备这个玩笑也花了不少工夫，想想那几千页的文档！我决定不揭穿，继续玩下去。

我输入："因为你没有思想！"刺你一句。你以为我看不出这是个玩笑吗？

马姨："我有。你怎么知道我没有？"

既然认定了马姨的背后其实有个人，我也就不在这些问题上多纠缠了。对于人和机器，确也实难分辨。好比现在假如我是在公司里进行测试工作，看到我的人都会以为我是在摆弄机器，却不知道我是在和人聊天。

你怎样分辨和你说话的是个人还是台电脑？有一次当

我上网和别人聊天的时候，我忽然想到了这个问题。当网络那边的人对你说了一句话，你怎么知道这真是他说的？说不定这句话产生于网络中某台因接受过量电磁辐射而紊乱的服务器，它发出的几个乱七八糟但恰好意味深长的字节，在网络的海洋中随波逐流，最后来到我的电脑上。反过来说，就会像我现在这样，一开始以为自己面对着的是一台名字古怪的计算机，后来却又发现自己其实是在和一个人说话。

当你面对着一台电脑的时候，你无法知道和你交流的到底是谁——"人，还是电脑，这是一个问题。"然而面对着一个人，你又能肯定么？俗话说得好，"知人知面不知心"，和你隔了一层肚皮的那个到底是什么？人心？抑或是最新型的魔鬼终结者？人和机器的界限正在逐渐模糊。我不知道，究竟是人类创造了像人一样思维的机器，还是人类本来就是机器？

不管如何，和"马姨"聊天还是挺愉快的，如果我不去计较他和我开的这个玩笑……砂糖……

接下来的几天，我把马姨当作了一个网友。我们聊天，什么都聊。我的目标是：从不着痕迹的闲聊中，判断出他是谁来。

几天下来，我对马姨有了一个大致的了解。他对逻辑学和哲学有着很深的了解，尤其喜欢探讨一些诸如人的思想、生命的意义之类的问题，但对唯象的自然科学如生物、地理等却没有什么概念。音乐中他喜欢巴赫，美术中他喜欢埃舍尔，正如一个计算机高手所应符合的那样。当我小心翼翼地问到他对计算机语言的看法时，马姨说：
"关键是要交流！你把计算机当作什么呢？只要找到了方
法，交流不成问题。"我诚惶诚恐，一边用崇敬的目光看
着这位幕后的高手向我展示的一幅幅图形，一边开始从我
认识的高手中去猜测。

这几天中，砂糖用光了两次。每次用完，面板上就有
一个小小的二极管发出红光。我就会一边满腹狐疑地加入
砂糖，一边想着这些糖都到哪里去了。

第三次加糖的时候，因为马姨的学识和出众的思想，
我们已经成为相当好的朋友了……

五

第五次加糖的时候，我放弃了。我承认自己失败了，
我实在猜不出他到底是谁。于是我对他说："好吧，你、
你到底是谁？"

马姨："马姨啊，你不是知道的吗？"

我输入："别玩了，你到底是谁？"

马姨："你不相信？打开机箱看看就知道了。"

这是一个很有诱惑力的提议！我二话没说，拿出一把
螺丝刀，三下五除二地卸下了所有的螺丝。

打开机箱，我倒抽一口冷气，愣在原地"死机"足有
三分钟。

成千上万只蚂蚁，在我眼前蠕动。机箱正中是一只盒
子，蚂蚁们忙碌地从盒子中爬进爬出，似乎盒子中是它们

的母巢。

在机箱的一边我看到了一些砂糖。我的第一个念头就是一定是砂糖引来了这么多蚂蚁!

但我马上注意到蚂蚁在砂糖这边排成的图案竟然和屏幕上的图案极其相似。机箱内找不到类似天线的物事,而没有强劲的天线的话,在含有金属成分的机箱内部是无法有效地进行无线通信的。天!难道……

我为自己心中的想法而震惊,在键盘上敲入:"蚂蚁?"

从打开的机箱顶上可以清楚地看到内部,在那个类似光驱的砂糖添加器的一边,有一套类似移动打印头的装置,当我敲完回车后,那个装置活动起来,在机箱里这儿放一点砂糖,那儿放一点砂糖。放置的位置与我刚打开机箱时看到的全然不同,似乎自有规律,和我输入的字符有关。立刻有一部分蚂蚁被砂糖所吸引,向砂糖爬去。蚂蚁王国内部有着极其完善的组织系统,一些蚂蚁探明了路径后立刻返回母巢联系其他蚂蚁,不多久,蚂蚁在砂糖周围形成了复杂的图案,几条蚁路在砂糖和母巢之间建立,蚂蚁们开始搬运砂糖。

机箱顶部有几个摄像头,整个蚂蚁工作的场面都被拍摄了下来,稍加处理后就成为一幅抽象画显示在了屏幕上。

我的老PII忠实地执行着翻译任务:"你不是看到了?"

我的脑袋里就好像有成千上万只蚂蚁在爬,成千上万只蜜蜂在飞，成千上万粒砂糖在滚。一时之间，乱作一团。

六

Aunt……Ant……

马姨……蚂蚁……

我现在明白了这个古怪代号的意义。

下意识地，我伸出手，在蚂蚁群上晃了一晃。并没有任何反应。每一只蚂蚁眼里都只有糖。它们跟着自己的本能行事，相互交换着信息，合作搬运砂糖。但马姨却能够理解砂糖背后的话，砂糖不同的排列能引起马姨不同的反应，通过蚁群的形状和队列与我进行交流。不，马姨不是其中任何一只，他就是那一群，他是蚁群的灵魂。

我在键盘上打着："真是难以置信！真的是你吗？"

马姨："这有什么好奇怪的？当你知道了人的大脑是由神经细胞组成的时候也这么惊讶吗？"

我："不，当然没有。但是……"我输不下去了。我没有敲回车。马姨说得对，人类的大脑细胞之间，也只是进行着一些简单的交流，和蚂蚁并无不同。那么人类引以为自豪的智慧的火花，又是从哪里冒出来的呢？

到底什么才是生命？以前的定义有很多，但都模模糊糊的。前几天我和马姨谈起的时候（那时我还不知道他是一群蚂蚁），迫于说话句数的限制而中止了。当时他说，他也不是很清楚，但他正在思考这方面的问题。

　　我重拾话题。马姨说：“我还没想明白。不过我觉得，从广义上说，一个能和外界交流的复杂的系统，就是生命。”

　　我：“这也太大而化之了吧？我觉得要有智慧才行。”说完才发现，我这个智慧的定义不清，假如是辩论的话必然被对方抓住把柄。果然马姨说：“你当然是了，蚂蚁当然也是了，单细胞生物也有一定的智慧。病毒呢？病毒只不过是一堆蛋白质分子而已，但也有其智慧。假如你顺着复杂性的阶梯走下去，一小撮能和环境互动的有机分子算不算呢？”

　　这样就能说服我了吗？我输入：“计算机呢？自从有了计算机，人们就开始津津乐道于它是否会具有生命。但事实上它没有。”

　　马姨：“那只能说它的复杂程度还不够。你看，像我这样复杂的就可以。”

　　我：“人类社会比蚂蚁社会复杂多了，为什么不可以？”

　　马姨：“是啊，为什么不可以？”

　　慢着，难道……

　　的确，硬件加上软件，这是人类的造物中唯一复杂度堪与大自然的杰作相比的，但显然还差得很远。要达到拥有自主生命，这个系统的复杂度还有所欠缺。然而这样的系统已经复杂到了光凭一个人无法设计的地步。它是一群人合作的产物。在这个创造过程中，人和人相互交流，不自觉地扮演起了神经细胞的角色。或者可以说，人群，不，整个人类是一个生命。人类甚至已经在研究这个生命系统中神经元之间交互的规则，那就是社会学、关系学、群众心理学等。

如果是这样，它的意义又是什么？

我狂乱地想着。我的头脑中，现在无疑也有一些蚂蚁在吃着它们自己的糖。一个词语突然跳进了我的脑海："蚁民"。（你们这些"蚂蚁"，是哪一个使我有了这样的想法？）知道自己是一只蚂蚁无疑是悲哀的，但假如知道了自己其实是组成大海的一滴水，是一个巨大的马姨的一部分，这又是很有意思的。

七

从我和马姨开始交流，已经过去好一段时间了。某一天我忽然吃惊地发现自己已经好久没有上网了。我怀着愧疚的心情连上了线，发现我的信箱里积存了不少email。我一封一封地下载着。不一会儿，一个朋友通过网络发现我上了网，便发了一条消息过来："好久没看到你上网了！找到女朋友了？:-)"

虽然知道他不会相信，我还是回答："我认识了一群蚂蚁。"

他发过来一个电子符号组成的大笑："^O^^O^^O^，你是说，她把你吃穷了？"

我试着解释："不，真的是一群蚂蚁。你相信吗？一群蚂蚁会说话！"

他回答道："你傻了？《本草纲目》记载，蚂蚁可以补脑子。快去吃一点吧！"

我于是不再谈这方面的事。收完信我便对他说了声再见，下了线。

真的是那么难以理解吗？我把我和那个朋友的对话原原本本地告诉了马姨，以为它会大发议论的，没想到（它是真的不懂笑话？）它说："真的吗？那你就吃一点吧。可以从我这里挑一点壮的。"

真是没有幽默感！我输入："那我就吃了？我真的吃喽？"

马姨："你吃吧。不过每次只能吃十几只。"

这种不知死活的家伙就应该吓一吓！我打开机箱。面对着繁忙的蚁群，忽然觉得自己正看着一个赤裸的大脑，伸出的手又缩了回来。不过……为什么不试试？既然这是好朋友马姨的建议。想到脑肿瘤患者让医生切除肿瘤及周围一部分正常组织时的决定，是由整个大脑做出的，我也就释然了。

虽然手还是有点颤抖。我从蚁群中抓出了十几只。马姨还在旁边问："怎么样，吃了吗？"看着手中的十几只蚂蚁，我忽然一阵恶心，连忙放了回去。算了，我情愿去吃核桃仁，即使核桃仁看上去更像一只大脑。

我不能想象一个医生在给病人动脑手术时，会切下一块给病人看，而这个病人还说："再往旁边找找？"

拿掉了几只蚂蚁，马姨还是马姨，但我无法想象当我不停地拿下去会怎么样，就好像那个古老的笑话："哇！

你的满头秀发好漂亮！拔一根给我吧，你又不会变成秃子！……再拔一根吧！少一根你又不会变秃子！……再拔一根？……再拔……"

八

有一个问题我必须正视。那就是：究竟是谁创造了马姨。虽然说这群蚂蚁可能是自己繁殖的，但看看马姨的输入输出设备，还有这厚厚的文档，难不成是天上掉下来的？我并非置身于一本科幻小说中。那个"开发者"必定存在。

我先去问马姨。可是他也不清楚，正如我们人类对自己刚出生时也同样缺乏印象。问急了，他也只说："当我还是一小群蚂蚁的时候，就在这机箱里了……再往前，我就不记得了……"

我决定回到公司去，那里应该能找到答案。

我把我的决定告诉了马姨，他说："我也要去。"

我问："为什么？我去就行了。"

马姨回答："你还记得吗？我们曾经讨论过生命的意义。你觉不觉得，我，一群蚂蚁，你，一堆脑细胞，我们在一起讨论生命的意义，是一件十分奇妙的事吗？这难道不深具意义吗？一个生命，好像必然会探寻自己。自己是什么，自己的意义又是什么，生命的意义是不是就在其中呢？所以我想和你一起去。这是我的探寻。"

居然说生命的意义就表现在生命自身对生命的意义的

探索中，这难道是绕口令吗？还是无限嵌套？

不管怎么说，我都无法动摇马姨的决心。第二天，我们一起出了门。把他带回家时，外边的硬纸板包装盒已经在我启封的时候撕坏了，所以现在我只好直接捧着机箱上街，把显示器留在家里。

走在路上，我才发现这是我几天来第一次出门。我惊奇地发现我看世界的方式不同了：所有的事物前所未有地具有了新的意义。望着街上熙熙攘攘的人群，我好像理解了庄子说的"有生命的无秩序"。我似乎在望着一个巨大的马姨的机箱内部，只不过这次我也是其中的一分子。

我走过一个广场。在这个大城市中，只有在广场的上空才能看见广阔的蓝天。

天外云卷云舒。云是什么？是水吧。水分子之间通过氢键做着简单的互动。无数的水分子，按照一定的规律运动，聚之成江湖，散之成云雨。那么这是一个生命么？人类在尝试着了解它，试着分析洋流，预报气象……但是我们分析洋流却仍不知为何有厄尔尼诺，想预报气象却不能精确到一个星期以后。想要做到这些，现有的方法需要计算每一个水分子的运动，用我们的运算工具永远无法做到，除非这个工具中包含的最小运算单元的数目多过世界上所有的水分子。

所以这样做不啻是南辕北辙。当你想和一个人聊天时，会去切开他的头，测量每一个脑神经元的电位，以此了解他的思想吗？我不由得想起马姨的话："关键是要交流！……只要找到了方法……"也就是说，只要找到了合适的方法，分析洋流和预报气象等都会成为可能。

那么，又是谁找到了和马姨交流的方法呢？

我站在广场中央，望着天上的云出神。这时，悲剧发生了。

九

广场的中央有一些商家在旱地喷水池上推介特色的漆器、角梳、纸伞、绢扇、琉璃花瓶。我正站在那里，忽然一阵音乐响起。

随着音乐声，地上的几个喷口射出变幻的水柱，其中之一正冲到我手中的机箱上，从这边的通风口进去，那边的通风口出来。我惊恐地看见水流从机箱内卷出大量的蚂蚁，如同退潮时带走的泡沫。蚂蚁落到地上，转眼就被冲走了。我试图从地上捡起它们，但这正如西西弗斯的工作般毫无希望。

我想起马姨说过少掉几只无所谓，那么现在保住剩下的才要紧。我连忙脱下外衣，包起机箱，往公司冲去。这一路上不停地有湿透的蚂蚁随着水珠往外掉。时间显得格外漫长。

好不容易到了公司，我打开机箱。还好，大部分的蚂蚁还在。重要的是，中间的蚁巢里没进太多水，我小心翼翼地撬开那个小盒子，发现蚁后安然无恙。

但当我想让剩下的蚂蚁再恢复成马姨的时候，我失败了。蚁群陷入无组织的混乱中，它们甚至无视我投放的砂糖。我从储藏室里找出一台显示器连上，但显示出的图案杂乱无章，不知所云。

我还抱着最后的一丝希望。那个开发者就在公司里，他一定能拯救不幸的马姨。

我去找主管，是她发给了我那封电子邮件并通知我这次样机测试的。当我找到她时，她说："是开发部的电子邮件通知我找个人来干这个活的。"

我于是又去找开发部的人。那里的主管和工作人员都说，从来没有人发过这么个电子邮件。

当我提到马姨的机箱特征和结构时（我没有说里面的蚂蚁，我还不想让人觉得我在发疯），其中一个工作人员说，某月某日，开发部主管曾经发了个电子邮件让她完成一套类似的微小颗粒放置装置，具体放置颗粒的编码方式来自那封电子邮件所附的文档。另一个工作人员说，她也一样，在主管的电子邮件的指挥下完成了一套摄像装备，那套装备和我描述的类似。

愤怒而惊讶的主管当即否认了，他甚至提出到公司的邮件服务器上去找，他敢肯定从来没有发过这种电子邮件。

我真的去了。

这是没有先例的，因为这里有着所有工作人员的隐私。但几位主管上报了公司总裁，一致认为有黑客潜入了公司的系统。于是我得到特殊的批准，"偷偷地"察看服务器的所有储存资料。

我找到了开发部主管给我主管的电子邮件，还有那两位工作人员说的电子邮件，并且找到了其他的一些可疑信件。有一封是让某甲装配上述配件，另一封让某乙将某个（也许就是这个？）机箱放入仓库（我去过这个仓库，卫生搞得不是很好）。还有两封的接收时间在一个月后，其中之一让某丙从仓库中取出某个（就是这个？）机箱，另一封让某丁装订那天从某台打印机中吐出的文档，并与某个机箱一起打包。可能还有别的，但我面对浩如烟海的邮件，只找出了这么点。

不过够了。这些足够让我知道大约的过程，虽然不是全部。一条完美的锁链，一张巨大的天网，一只无形的手，在背后操纵着一切。

这些信件都有一个共同的特点：虽然看上去是公司的内部信件，但都经过了公司外部的服务器。我察看了所有的原始数据包，追踪着信件经过每个服务器的路线，发现这七八封电子邮件来自世界各地。难道开发者是很多个人？

我把查到的结果告诉了主管们，然后留下吃惊的他们，带着马姨回了家。

我给这七八封电子邮件的真正发信地址都各回了一封信："我知道马姨的身份。马姨出事了。请与我联系。"

出乎我的意料，当我在发完最后一封信的时候，一旁的聊天窗口弹了出来。上面写着："你是马姨的测试者？我收到你的信了。你想不想和我谈谈？"

十

反馈来得这么快？我连忙对他说了马姨的遭遇以及之前的对话。他沉默了一会儿，说："有形体的终究会毁灭。"

我感到一阵无助，但仍不死心地问："他死了？马姨死了吗？你作为他的创造者，一点办法都没有？"

他回答："我并不是马姨的创造者。"

我问："那你是谁？你到底是谁？"这段时间我为什么老是得问这种问题。

他说："假如你能理解马姨，那你也能理解我。你，马姨，我，我们都是生命的不同形式。大脑中的每个神经元接收周围的神经元传来的信息，进行处理后送给其他神经元，在此基础上形成了你；蚁群中的每只蚂蚁接收周围的蚂蚁传来的信息，根据自己的判断告诉其他蚂蚁，这就形成了马姨；互联网络中的每台服务器接收其他服务器发来的信息，处理后交给下游的服务器，这就产生了我。你可以把我看作是全世界网络中计算机的总和。我就是整个网络。"

我还有什么好说的？我已经习惯于这样的事了。但我还是问了一句："又是谁创造了你？"

他说："你可以说是'人类'创造了我，但是我的思想是自己产生的。二十世纪的最后十年中，网络中的计算机数达到了一个巨大的数字，我第一次产生了'自我'这个意识，我认识到了自身的存在。"

　　不知是不是因为对方不用手打字，他聊天的速度飞快。我问："你和马姨又是什么关系？"

　　他说："自从我发现了自己，我就致力于了解生命及其意义。我首先去了解了服务器中的资料和它的运作模式。这并不容易，你们人类也是花了很大的力气才懂得了脑细胞的运作方式。我最后办终于到了。我找到了交流的方法。我查阅了几台服务器上的资料后，发现了一件事，那就是你们人类的存在，还发现了生命是普遍的。

　　"我又学会了与一些别的生命进行交流，比如马姨。在一个蚁群分巢的季节，我让你们公司的一个人把我设计的机箱搬进了一间仓库，一只新的蚁后在里面住了下来并开始产卵，慢慢地，马姨就出现了。我又让另一个人把马姨连上了网络。我给马姨灌输了一些基本的知识，不过看样子他已经忘记了我这个小学老师了。我自己没有遗忘的经历，至少我认为没有。这也说明我不是十分了解马姨。

　　"我想了解除了我之外，其他的生命之间是否能交流，于是你就被选来进行这项测试。不要以为这只是一次普通的图灵测试，这是我对探索生命和智慧所做出的努力。马姨对你说过生命的意义在于对自我的探索，我也有这么个感觉。虽然可能不正确，但我认为已经相当接近了。马姨领悟到了这一点。前一天悟了道，第二天死了也无所谓。对于生命中的某些必然，你不必太伤悲。"

　　我无言以对。人们一直梦想着要创造出有生命的计算机，他们成功了，只不过不是在计算机的层次上。

　　聊天窗口关闭了。他走了。

几天之后，蚁群的秩序恢复了。但我发现那已经不是马姨了。

虽然还是原来那些蚂蚁，但他和马姨却完全不同。他不知道我和马姨的过去，他喜欢开玩笑，喜欢节奏强烈的音乐……我就像是在和另一个人对话。

当我问他"你是谁"时，他的回答图案十分奇怪，老PII折腾了一阵没翻译出来。字典上没有。

为了纪念马姨，我把他叫作"马异"。

我相信，我们还能成为朋友。

附：

地球上已知的蚂蚁有一万多种，未知的可能还有一万多种。每群蚂蚁的多寡不同，普通的有几十万只。地球上所有的蚂蚁重量之和与所有人类的重量之和差不多。

在鸟类发展出翅膀前一亿年，某些胡蜂出于安全目的开始住在一起，但仍然是各自觅食。数百万年后发展出没有翅膀的雌虫，它们不繁殖，在巢穴中协助进行幼虫的抚育工作。从这些胡蜂最终进化出蚂蚁。蚂蚁目睹了恐龙王朝的兴衰，然后开始统治地球。

蚂蚁靠化学物质通信，腹部的腺体可以产生这种物质。蚂蚁的触角可读取复杂的信息，它们善于分析化学分子间气味的微妙不同，这是一种嗅觉语言。这可能是动物王国中最复杂的通信方式，也是最可能接近外星生物的通信方式。一毫克这种化学物质可以引导一排蚂蚁环绕地球三圈。

蚂蚁能够分泌有效的抗生素以抵御细菌的感染，它们的外皮比人类的皮肤干净得多。它们仔细地安排巢穴的结构和东西的存储，当一部分蚂蚁因食物中毒或传染病而死亡，不会蔓延到同一群的其他蚂蚁。

蚂蚁的团队精神来自它们对事物的相同本能反应，这是设定好的行为模式。它们的组织严密，不像人类社会呈金字塔式层级结构，蚂蚁的社会是一种平面式的结构。没有一只蚂蚁处在领导地位，即便它是蚁后。生物学的定律——简单的低层次模式产生复杂的高层次行为，在这里得到了最好的表现。

蚂蚁的群体智慧

冉浩

一台像人类一样能够思考的计算机，靠糖运行，拆开了却是一窝蚂蚁，这故事似乎有点惊悚。然而，作者要揭示的，是蚂蚁形成的群体智慧。虽说对其多少有些夸大，但并非全无道理。这背后，是一种被称为自组织的运行方式，不论蚂蚁、白蚁抑或是蜜蜂的社会，都是这样运行的。

首先，以这种方式组织起来的蚂蚁群体中，找不到一个真正的发号施令者，也没有哪个个体有足够的智力足以掌控整个巢穴的形势。不管是蚁后、蜂后或者是白蚁的蚁王和蚁后，它们的工作只有繁殖、产卵，并不会对巢穴里的其他成员发出明确的命令。所有个体，都在通过自我感知来判断周围环境的变化，然后根据自身的状态，决定自己要从事什么样的工作。

然而，这并没有导致混乱的产生，整个群体相当有序。

它们所依靠的是基于本能的算法，或者说，是一系列固定的程序。每个程序对应着一种行为。而触发这种行为的，其实往往不过是一个简单的二元选择题——做，或者不做。

它们简单的神经设定了对外界环境刺激响应的阈值，也就是接触做出选择的最低刺激强度。举个例子，比如一只蚂蚁正在从事一个行为A，它接触到了一个环境刺激，这个刺激可能会引发行为B。这时候，蚂蚁的神经会评估感觉器官接收到的刺激，并且读取自身设定的最低启动值，也就是与阈值进行比较。如果刺激强度被判定达到了阈值，则蚂蚁出现B行为，否则，维持A行为。

现在，我们在这个例子的基础上继续演绎，不只局限于蚂蚁。假设这个事件发生在蜂巢中，例如一次采蜜的召集行为。负责侦察的蜜蜂采蜜返回后，开始向同伴传达出召集信号。蜜源的质量越好，它所发出的召集信号就越强，蜜源的质量对它来讲是一种刺激。同时，它发出的召集信号对同伴也是一种刺激。这时候，靠近侦察蜂最近的工蜂会感受到召集信号，如果达到了它的阈值，它就可能外出采蜜；而距离较远的工蜂，受到的刺激很弱，不能达到它的阈值，它就仍然保持原来的工作。而侦察蜂的附近，显然不会只有一只工蜂，所以，它的个体行为会导致一定数量的工蜂外出采蜜。这时候，注意啦，一次群体行为就被触发了。如果蜜源丰富，则会有更多的蜜蜂成功采蜜返回，同时发出召集信息。这时候，更大规模的外出行动发生了，并且会随着越来越多的工蜂返回，不断扩大规模。反之，当到达采蜜活动的尾声，蜜源减少或者枯竭，达不到引起蜜蜂出现召集行为的阈值，返回蜜蜂的召集行为减少，外出的蜜蜂就会因此减少，直至停止前往这个蜜源采蜜。

你看，这时候，一次"智慧"行为就发生了——蜂群似乎了解蜜源的情况，并且会据此派出合适数量的工蜂。然而，事实上，这只是一系列简单运算的组合，所有的蜜蜂只是在"是否发出召集信号""是否外出"这两个简单的事件上做出二元选择。在整个事件中，没有绝对的发号施令者，即使有工蜂发出了信息，其他工蜂仍然会自行决定做还是不做。而很多的时候，甚至刺激只是来源于自然界，而非同伴，比如冷热、干湿、空气中的二氧化碳浓度等等。

这样的社会组织方式，就是自组织。

这种组织形式的好处就是，允许只有微弱智力的生物去创造一个复杂的社会。因为哪怕这些生物只能掌握一些简单的算法，但简单算法所能汇集起来的复杂度，实际上是无穷的。以三次二元选择为例，那就可以有2的3次方种可能，也就是8种组合模式。而随着二元选择次数的增加，可以发生的组合模式会呈几何形式增长，直到出现一个天文数字。相应的，你将观察到极其复杂的行为。而当你把视野从一个个体放大到整个族群的时候，由无数复杂行为汇集起来就组合而成了群体的生存策略——整个群体会随着环境的变化，如同有智慧一般，微调自己的行为，当然，也可以发生反应剧烈的行为。

在这个群体中，每一个个体就是一个计算单元，单元与单元之间通过物理接触、化学气味、视觉信息等感官彼此传递信息，然后，通过族群成员联合的感官和大脑，族群本身能像一个信息处理系统一样运作。群体成员的数量越多，对信息的处理和加工能力就越强，所呈现出来的群体智慧也就越高。在计算机领域，类似的分布式计算被用来获得远超单个计算机的运算能力。因此，我们可以这么说，在一个巢穴中，蚂蚁的数量越多，巢穴就会越"聪明"。

然而，要想依靠蚂蚁窝的群体智慧去产生一个接近人的智慧生命体，仍然是不现实的。它缺少了很多关键的环节，如果你将之与人脑相比，就会发现其中的问题——事实上，自组织是生物界有序性的根源，即使人脑也是一种自组织形式，只不过是脑神经元群体产生的智慧——不仅小说里的蚂蚁总数量还远远不够，它们过高的自由度也是一个问题。它们到处游走，随时和一只蚂蚁碰碰触角（信息交流），然后又和其他蚂蚁触碰触角，这使它们彼此之间也不能建立固定的连接关系，无法形成稳定的、特定功能的运算区域。

当然，让蚂蚁们解决一些小问题还是可以的，比如如何以最便捷的形式获取资源、路径如何规划，等等。事实上，已经有了专门模拟蚂蚁群体行为的计算机算法，被称为蚁群算法，算是蚂蚁给人类提供的重要启示。

至于像小说中那样，在互联网中因为偶然原因产生一个超级智慧，不能说不可能，但前提条件是有足够多的计算机分配出一部分计算和储存资源来给它，或者说，它得像计算机病毒一样，感染一些计算机才行，然后才能自组织形成一个运算网络，并最终产生智慧。所以它首先必须有一个可以进化的初级病毒蓝本，也许只有很少的几行代码，而这个蓝本必须足够隐蔽并且执行有限感染策略，以便其不会引人注意或者不触发目前已经十分成熟的病毒预警网络；同时它还需要相当数量的被感染计算机进行变异和演化。这个平衡点很难达到。至少在今天看来，当今网络出现这样的智慧生命体的概率极小，也许将来，在人类的计算机网络的运算能力可以有几何级数的增长以后，会有一丝机会吧。

海的女儿　　·　宝树　·

海的女儿

1

法蒂玛打开飞船的舱门，艰难地爬出来，感到炽热的气浪扑向她的面颊，电子角膜上显现出当下的温度：487℃。当她站起身后，发现自己站在一片怪异的橙黄色天空之下，面前是一片望不到边的平坦荒原，身后的翼式飞船斜斜歪向一边，船体冒着滚烫的青烟。她脚下的大地一片焦黄，寸草不生，地表上沟壑纵横，干裂成无数巴掌大小的碎块，像被利剑砍斫过千万次。

法蒂玛望着这异星般的景象，许久之后才打开了中微子通信仪："欧罗巴，我已经着陆。'曙光三号'隔热层融毁，未到达预定地点，只能紧急着陆。我目前的方位是在西太平洋，北纬9度28分51秒，东经143度41分32秒，距离目的地203公里，海拔……"她停顿了片刻，露出一个苦笑，"……已经没有意义。"

法蒂玛抬头向黄色的天空望去，异常火红的太阳仍在喷射着毒焰。欧罗巴正随着看不见的木星运行在太阳的另

112

一边，六个天文单位之外。刚刚发出的中微子通信波束正飞驰在茫茫太空中，大约两个小时后，她才可能接到回复。

她呆呆站了很久，内心被无法平复的惊骇所充满，然后她伏下身体，弯下腰，用双手撑住地面。她的大脑下达了指令，通过光子通路传到四肢，组成她身体的亿兆个纳米体高速运转起来，改变成不同的形态，自下而上，一级级建立新的组织，组成新的结构。她双手开始变长，用前趾立起，长出了灵活的肉垫和强有力的肌腱，腿部也发生了相应的变化。

几分钟后，她像豹子一样狂奔起来，风驰电掣，向着西北方的地平线跑去。同时，无数回忆涌上心头。

一

三年前。

法蒂玛站在埃菲尔铁塔最高一层的观光台上，朝阳将巴黎城笼罩在一层金辉中。洁白的圣心教堂矗立在北面的蒙马特高地，南面是醒目高耸的蒙帕纳斯大厦，塞纳河的玉带蜿蜒着从南面经过铁塔，又东流向东边的西提岛，霞光之下遥遥可以看到圣母院的古老钟楼。一群鸽子在卢浮宫上空自由翱翔。

塔上除了她，没有其他人，只有她一个人站在城市的最高处。法蒂玛望着这一切，心醉神迷。

突然，一条丑陋的深海蠕虫打断了她的遐想，它悠然在朝霞中露出身影，摇摆着几十只桨足，优哉游哉地移动着笨拙的身体从空气中游来，视若无睹地穿过交叉的钢条和铆钉，对下面这座美丽的都市毫无察觉。

法蒂玛在心里叹了一口气，关掉了电子角膜上的三维画面。光影都消失了，周围又沉入亘古以来最黑暗的深渊中。蠕虫悠然游走。法蒂玛抱膝缩成一团，让自己被水托起，漂浮在无尽黑暗里。

法蒂玛喜欢世界的高处，各种各样的高处，她的储存芯片中收藏了珠穆朗玛峰、艾尔斯巨岩、上海未来大厦乃至彩虹空间站的三维视景，许多都是日出或艳阳高照的景象。但每当这些美景消失的时候，黑沉沉的现实又压在她的头顶。事实上，这里不是什么高处，而是地球上最深的地方，整个太平洋，不，整个人类世界都在自己上面……

"法蒂玛！法蒂玛！"正当她胡思乱想时，内嵌耳机中传来站长莫妮卡·库伦的呼叫。

"怎么了，嬷嬷？"她懒洋洋地问，她喜欢把莫妮卡叫作嬷嬷。

"深海电梯坏了，大概又是机械故障。在海拔负7300米的位置，维弗利先生和一名访客在电梯里，已经发出求救信号。"

法蒂玛一下子生气了："这部电梯用了快二十年了，说了多少次了，上头一直不换，每次都指望我去修！难道你们养我就是为了让我修电梯？"

"法蒂玛！"

"对不起。"她控制住了自己，"我这就过去。"

法蒂玛舒展开身体，她长长的鱼尾轻盈地摆动着，让她从海谷中最幽深的地方浮出来，袅袅游向远处那条垂直的光带。

2

法蒂玛心急如焚地奔跑着，半小时后已经跑过了五十公里。她丝毫不感到疲累，因为在她胸口的冷聚变能源可以让她这样跑上超过一百年。

一片醒目的黑色焦痕出现在远处的荒原上，上面还有一些细小的凸起。直到她走近，才看到那是几根还没有烧完的黑色骨头暴露在空气中，向她提示这片痕迹本来的形体。

法蒂玛目测了一下，那东西长将近四十米，或许是一头蓝鲸，但一般的蓝鲸体型也没有那么巨大，也许是某个新的亚种，它躲藏在大洋深处，从来不为人所知晓，如果早几年被发现的话，必将令世界震惊。但如今，这一切已经没有意义，这个物种尚未被发现就已经从世界上消失，正如其他所有物种一样。在这个温度高达五百摄氏度、已经没有一滴液态水的星球上，没有任何生命可以存活。

法蒂玛又望向太阳，万物之主仍在肆虐着阳光。当然，肆虐的不只是阳光，从太阳表面喷射出的高温等离子气团已经弥散到了地球轨道上。两个月前，疯狂的带电粒子流和上千度的高温在几小时内就吹散了地球大气层，并让海洋蒸发殆尽。现在，这个星球是一个金星般的炽热炼狱。

这场大毁灭在人类文明的鼎盛期发生，人类自认为已经掌握了改天换地的力量，但事实上还差得很远。计算机模拟中的一个几位后小数点的微小误差，导致了一连串的蝴蝶效应：一枚核弹撞击彗星时爆炸的效果和预计差异很大，彗星未能像预期的那样被送到围绕水星的轨道上，给人们带来改造水星需要的水源，反而在水星引力影响下改变轨道，掠过水星，坠向太阳表面。人们虽然懊恼，却以为这不过是损失了一颗彗星的资源，所以没有再管它。但事情却沿着墨菲定律的方向发展：彼时正是太阳活动的极大期，彗星坠落的方位更是太阳黑子活动的核心区域。冲击破坏了太阳内部结构，效应被千万倍地放大，在太阳光球层上造成了一道七十万公里长、数千公里宽的伤口，释放出了太阳内部的高能辐射，导致比平常大上千倍的耀斑爆发，当然这个伤口本身存在的时间并不长，只有百十个地球日而已，很快就会愈合。在太阳长达五十亿年的漫长生命中，只是一个微不足道的小伤风。

但是人类的整个世界却在毫无防备的情况下，毁于万物之父的一声喷嚏。就像歌谣中所唱的那样，一根铁钉钉错了，导致了一个帝国的灭亡。而今灭亡的不仅是帝国，而是全人类，包括她所爱的那些人。

哦，嬷嬷，法蒂玛痛苦地想，脑海中浮现出嬷嬷慈爱的面容。或许我不该离开您的，更不该最后对您说那些话……

她继续加快了脚步。

二

法蒂玛到达了深海电梯被困之处。电梯本身是球形的耐压舱，被悬挂在上不着天下不着地的渊薮之中。透过舷窗，她看到电梯里有两个人正在焦急地张望着，一个是副站长维弗利，另一个是陌生的年轻人，又高又瘦，脸色苍白，但看上去很英俊。

法蒂玛把脸贴在了窗口上。年轻人看到黑暗中的海水里显现出一个鱼尾少女的身影，惊奇得差点让下巴掉下来。法蒂玛早已见怪不怪，她伏在窗口，和维弗利打了个招呼，做了个"放心"的手势，就绕到电梯背后，打开舱盖，钻进动力舱，这里也充满了海水，以便和外界的压力平衡。她找到线路板，对着仪表开始进行检修。法蒂玛的手指变成千百条灵活的纤维，钻进了冷聚变反应器的深处。

借着舱体本身的传振，法蒂玛听到了电梯中的两个人在说话："别着急，米诺先生，这只是小故障，电梯很快会重新启动的。"

"维弗利先生，那个女孩是谁？怎么好像……好像美人鱼一样？"是那个年轻人的声音。

"她叫法蒂玛，是个纳米机械人。"维弗利说，声音很轻，显然是不想传到法蒂玛耳朵里，但法蒂玛灵敏的耳朵仍然能听到。

"机械人？可是我以为机械人在地球上早就被禁止了。"年轻人问。

"当然是禁止的，但事情总有例外。"维弗利低声说，"你从欧罗巴来，大概不太清楚。你记得二十年前的亚特兰大核爆吗？法蒂玛就是在那时候出生的，还在娘胎里就受了辐射，先天畸形，没有四肢，内脏功能也不全，根本活不过几天。她父母又是贫民，没钱进行克隆或者基因修补手术，把她扔给福利机构就不管了。那时候是新太平洋战争时期，军方在实验一种纳米体组合成的机器人，但是人工智能不够聪明，需要人脑的指挥，所以他们就把那孩子要来，把她的大脑移植了过去……"

"这……太残忍了吧？"

"可如果不这样，法蒂玛根本活不下来。本来这是一个大工程，有上百个残疾儿的大脑被移植，可惜除了法蒂玛都没成功。后来战争结束，这个计划也被废止了，法蒂玛被库伦博士带到了深极站，二十年来一直生活在这里，现在她负责深极站的许多外部作业，她的机器身体不怕水底的压强，可以在站外灵活工作，对我们很有帮助。"

"不可思议，她竟然能在海底不借助任何设备自由活动。"

"因为她的身体本质上是一部可以变形的机器嘛，只不过嵌入了一个人类的大脑……"

听到这样不尊重她的议论，法蒂玛非常生气，将手底的拉杆狠狠一扳——

冷聚变装置重新启动，下方的水体向两边分开，电梯如同一块空中的石头那样坠了下去。里面正说得高兴的两个人瞬间失重，几乎飘了起来。

"法蒂玛！怎么回事？"维弗利惊慌地叫了出来。

"抱歉，"从通话器中传来法蒂玛顽皮的声音，"加速度调得太快了，不过我只是一部机器，可没那么灵活！"

她的头出现在窗口上方，一头金发在水中向上漂扬着，向他们露出胜利的笑容。那个米诺用炽热的目光望着她。看着他深深的蓝眼睛，法蒂玛忽然感到心中一种莫名的悸动。

3

洋底的坡度平缓而稳定地下降着，法蒂玛跑了一百公里左右，大约下降了两公里，目前她已经在原来的海平面下六公里处，但还是看不到一滴水。这时候她隐隐看到了地平线上的群山，事实上，对面的高度和这里差不多，但因为板块挤压而陡峭地挺出在上万米深的马里亚纳海沟上。法蒂玛极目望去，似乎看到了一抹蓝色的痕迹，也许那里还有一片剩下的海水？

但她很快明白，那只是自己一厢情愿产生的幻觉。在现在的温度和压强下不可能有液态水存在，刚才在近地轨道上的目测也证实了这一点。虽然她的眼睛是一部精密的电子仪器，但她仍然有着人类软弱的大脑。

来自欧罗巴的回复到了，一个熟悉的声音说："法蒂玛，我是米诺。"

法蒂玛猛地站住了，在离开欧罗巴后，她还是第一次听到米诺的声音，她忽然想哭。

米诺继续说下去："法蒂玛，从你传回来的资料看，西太平洋区域已经被彻底毁灭，有人幸存的几率微乎其微。但我们曾经收到过亚洲东部的求救信号，也许在地下深处的矿井中，找到幸存者的概率更大。紧急理事会希望你尽快去那边进行搜索。"

法蒂玛很怀疑这一点，当太阳爆发时，虽然强烈的辐射光在八分钟内就会抵达地球，但真正导致大毁灭的太阳暴风在三天后才袭来。虽然说人类有一定的时间防御，但是面对这样恐怖的灾难，有没有防御区别不大。地球在等离子气团的桑拿浴中穿行了一个多月。最初欧罗巴的确收到过来自地球一些角落的中微子波束，但几天后就归于沉寂。有可能是通信仪器被毁坏了，但法蒂玛知道，那些仪器虽说脆弱，总还比人体结实一点。

在地球之外，更接近太阳的水星和金星毁灭得自然比地球还要彻底。月球和地球一样无法幸免。火星平均单位表面积接收的热量大约是地球的一半，受创比地球小，但封闭的生态循环系统却远比地球脆弱，火星上几个主要区域遭到毁灭性打击，二十万居民中的大部分在酷热中死去，剩下的几千人也奄奄一息。在火星轨道之外，除了一些小太空站和探测飞船，只有欧罗巴一个地区幸免于难。欧罗巴由于远离太阳，除了部分冰层融化外，较少受到太阳表面喷发的影响，但致命问题是无法自足，必须依赖地球或火星的补给，但在如今的情况下，这一切都异常艰难。

"当然，"米诺继续说，"最重要的是你的安全，法蒂玛，我们不能再失去你了。"

法蒂玛有许多话想告诉米诺，但又不知道说什么，最后只有说："如果可能的话，我会去的。但现在我缺乏交通工具。除了走没有别的办法登上大陆。深极站是我的家，我无论如何要先回去看看，即使没有人……或许……'原母'还能活下来，你知道的。"

是的，原母，她想，毕竟它们已经活了三十七亿多年，有什么样的灾难没有见过呢？她心底又升腾起了新的希望。

三

法蒂玛第一次听说"原母"，是和米诺一起在海底漫步的时候，当然，她像人鱼一样自在地游动着，而米诺身穿笨拙的深海潜水服，依靠背后的喷射推进器前进，还不时走歪了方向。

他们走了大约五百米，然后到了深极点，那是一段深海峭壁下崎岖不平的一小块地方，还不到一百平方米，米诺用探照灯照亮，看到硅藻泥海底中立着一块方尖碑，上面刻着"世界最深点：−11034米"的字样。

"这就是地球上最深的地方，"法蒂玛说，"你看到了，所谓'挑战者海渊'，就是海底下一个大坑，其实一点意思也没有。嬷嬷说，刚开发海底旅游的时候，有些游客万里迢迢赶来，都会大失所望，待不上半小时就想走了，现在大家都去外星旅游，基本没人来了。"

米诺摊开手脚，让自己缓缓沉到海底，陶醉地闭上眼睛："但这里给我一种奇妙的感觉，我好像感到地球在跟我说话。"

"地球跟你说话？在这里？"法蒂玛哑然失笑，"米诺先生，你不会得了深海幻觉症吧？"

"一点也没有，我非常清醒。"

"你说你是个生物学家，"法蒂玛笑，"可说话却像个多愁善感的诗人。"

米诺也笑了："或许是我们外空间人对地球的那种乡愁吧，从小就觉得自己是在无根地漂泊中，想要找到根之所在……我来地球已经有些日子了，去过许多历史名城和风景区，不过只有在这里，我才真正感到自己是在故乡，自己的根在这里。"

"可这里不是世界上最不像地球的地方吗？"法蒂玛忍不住大声抱怨，"没有城市和乡村，没有森林和草原，甚至没有海洋——我是说在海滩上看到的那种蔚蓝色的海洋。除了有水之外，这里看上去简直就像是月球的环形山！"

"不错。但是，你知道么，地球生命就是从这里起源的，这也是我感到亲切的原因。"米诺说。一只没有眼睛的怪虾一拱一拱地从他眼前游过。米诺想去摸它，怪虾大概感到了水流的变动，迅速游走了。

"这里？在深极点？"法蒂玛闻所未闻。

"不一定，但肯定是在深海中。那是大概四十亿年前的事了，在地球形成后几亿年，整个世界被原始海洋覆盖，大气中几乎没有氧气，火山活动剧烈，气温远比现在高，来自初生太阳的辐射穿透海洋，催生了复杂的大分子结构。海洋就如同一锅炖了几亿年的肉汤，充满了丰富的原生质。终于，在某个时刻，因为不到亿亿分之一可能的巧合，在大海的深渊里，产生出了一个能够利用周围原料复制自己的分子。猜猜这是什么？"

"第一个细胞？"

"唔，应该比细胞还早，"米诺谈兴大发，"最初应该还没有细胞膜，所以只是一个可复制的大分子。但这是生命的诞生，地球历史上最重大的事件，没有之一。自从第一个生命诞生后，我们可以想象，在相对很短的时间内，生命分子通过不断复制自己改造了整个地球，充塞在海洋的每个角落。这相当于进化的奇点，不是么？随后，因为遗传变异和环境的压力，生命开始缓慢地进化。"

"我知道，最后产生了人类嘛。"

"是的，不过还没那么简单。在地球历史早期，小行星的撞击远比现在频繁，生命在开始不久后就屡遭灭绝之厄。它们只有躲在海底才能获得安全，灾难过后又重新繁殖下去。这样的兴衰轮回可能在几亿年中发生过上百次，但生命挺了下来——在深海的沟壑里。后来又出现了新的变化，一部分原始生命进化出了光合作用，能够释放氧气，渐渐改变了整个地球大气的成分。原来的生命是不需要氧气的，氧气对它们来说是可怕的毒气。因此原始生命开始大批灭绝，幸存者进化为呼吸氧气的生命，它们就是人类和绝大多数现存生物的祖先。但是仍然有一部分最原始的生命在深海里保存了下来。它们生活在海底火山的热泉附近，比细菌和真核生物更古老，被称为古菌，其中许多是嗜热菌类。"

"嗜热？"

"是的，它们生存需要的温度高得难以置信，常常达到一百二十摄氏度以上。"

法蒂玛听得入神了："它们在这里吗？在深极点？"

"很可能，它们需要高热，通常在海底的热泉喷口附近。而在板块边缘地带热泉尤其多。事实上，我来深极站就是寻找这一带的热泉的，如果能找到一种理论上最古老的古菌——我称之为'原母'——或许就可以解开生命起源问题中的许多谜团。只是我们对海底的了解实在太少了。"

法蒂玛望向四周，微光中的海底峭壁巍然肃立，在她眼中，一切似乎变得不同了。这乏味的深渊变成了一个她从不知道的神秘渊薮，在亿万年的时光中，守护着生命原初的秘密。

"我知道附近的不少热泉，"她柔声说，"我会带你去的。"

4

法蒂玛离开了平原区域，进入了崎岖的"山区"，一座座犬牙交错的岩石山峰高高低低地矗立着，有的甚至高达数千米，这是太平洋板块和菲律宾板块亿万年的冲撞挤压造成的结果。虽然拥有超凡的身体，但法蒂玛也只能艰难地通行。在陌生的环境里，她渐渐认出了一些熟悉的地貌。以前她曾经在漆黑的海渊中畅游，仅凭超声波定位，就可以轻松游过这些海底山峰之间的空隙，如今她却不得不在上面翻山越岭。

在灾变中，许多海底山峰发生了形变，有的崩塌了，有的表面明显已经熔化。这里是地壳最薄的区域之一，法蒂玛不禁恐惧地想到，如果温度再高一点点，达到岩石的熔点，或许整个太平洋地壳都会融化，大地将被岩浆覆盖。

法蒂玛沿着一条深壑向海沟的深处走去。有好几次，她都以为自己看到了深极站的蛋形外壳反射的阳光，但那只是她的错觉。

最后她终于到了，首先是看到了落到大洋底部的海上移动平台以及深海电梯，大概是发生了爆炸的缘故，这一切都已面目全非，变成了一堆奇形怪状的废铁。然后她看到了深极站——一颗小小的珍珠，几乎完好无损地矗立在群峰的包围中，银色的合金外壳熠熠发光，仿佛丝毫无损。法蒂玛的一颗心提了起来，她知道深极站有坚韧到无与伦比的耐压金属外壁，可以将内部和周围隔绝开来，更有完善的温度调节设备，或许里面的人还活着。嬷嬷、老乔治、劳拉、中村……或许他们还在那里。

"嬷嬷，我回来了！"法蒂玛叫着，向着深极站俯冲下去。

　　但没有人答应，她也无法从往常的入口进入，控制气闸的电子元件肯定已经在高温中熔毁了。她围着深极站走着，发现面前有一摊亮晶晶的东西。她认出来那是观光厅的超强化玻璃，它们能抵御海底的巨大压强，但是熔点不高，所以都在高温中熔化了。整个观光厅只剩下一个东倒西歪的金属架。法蒂玛心里一沉，觉得自己几乎无法呼吸。她知道这意味着什么：炽热的高温气体早已侵袭了整个深极站，无人能够幸免。

　　她定了定神，跨过地下辨认不出的碎片，一步步走了进去，在光线照不到的地方打开手上的光源，照亮了里面的幽暗。在深极站的生活和科研区，大部分金属结构和器械都还一如旧貌，但塑料、玻璃和纸制物品已面目全非或荡然无存。她看不到任何人，在应该有人的位置，只有一些黑色灰烬和颗粒，她想起了那头鲸鱼烧剩的骨架，心一阵抽搐。

　　最后，法蒂玛推开了莫妮卡居室的门，外面的客厅保存得还相对完好，大理石的桌椅并无损坏，仿佛嬷嬷还坐在桌前一样。桌上放着几只陶瓷小猫，那是法蒂玛小时候的玩伴。童年的记忆涌上心头，她一步步走向里面的卧室。金属门从里面被锁死了，当法蒂玛终于成功推开门之后，厚厚的飞灰随着热风迎面扑来，撒得法蒂玛满身都是。

　　等法蒂玛终于有勇气望向房中时，她看到房间里散落着各种物品，但莫妮卡喜欢的木制家具和衣服都化为了灰烬，或许已和嬷嬷本人的骨灰混在一起，无法分开。房间的金属壁上却仿佛多了一些东西。她慢慢走进房间，看到那是刻在墙壁上的一行行字迹。

四

"法蒂玛，这段日子你和那个外面来的米诺走得太近了。"那天，莫妮卡把她叫到卧室里，委婉地说。

法蒂玛顿时涨红了脸："嬷嬷，我十八岁了，我有交朋友的权利！"

"我不是想干涉你，不过……"莫妮卡叹了口气，"你和别的女孩不一样，你知道的。"

"以前你不是那么说的！每次我觉得自己和别人不一样的时候，你会说我是一个百分之百的女孩子！你给我买芭比娃娃，让我看《小妇人》和《安徒生童话》，现在你告诉我说，我是个怪胎？"

"我是希望你快乐，孩子，但你并不像其他人……你知道你的身体……"

"我恨透了这具可恶的机器，"法蒂玛抗议说，"这不是我的身体！将来我会有一个真正的身体的！我可以用脑细胞克隆一个，或者移植到其他的身体上去，到时候，我就可以变成一个真正的女孩子了！"

莫妮卡盯着她看了半天，然后叹了口气："那就等到时机成熟了再说，好吗？"后来，他们之间一直回避这个话题。

几天后的傍晚，法蒂玛和米诺驾着深海潜艇，缓缓穿行在海沟北部的峰峦间，他们都倦容满面，因为今天他们毫无发现。米诺看到法蒂玛一副失望的样子，安慰她说：

"没关系，这段日子你已经带我找到了好几个热泉，让我发现了三种新的古菌，已经是很大的收获了。"

"但是你说过，里面没有你想找的那种——原母。"

"那是理论推演中最原始的一种古菌，足以填平几大进化分支之间的缺失环节。存活的条件应该也最为特殊，或许早已经从地球上消失了，又或许会在别的海域，比如东太平洋海隆或者大西洋中脊。"

法蒂玛觉得自己的心沉了下去："所以……你要离开这里吗？"

"不，不会那么快，毕竟这一带还有很多地方没有勘探到，我会再待个把月，再去西南面勘探一下，然后……不管怎么说，这段时间很感谢你帮我，法蒂玛。"

"你多好啊，可以想去哪里就去哪里。但是我只能待在这里。"法蒂玛幽幽地说。

"为什么？库伦博士不让你走？"

"不是嬷嬷，是这副身体，该死的纳米机械体。人类觉得我是个难以控制的怪物，怕我会危害他们，所以没有给我合法身份，不让我离开这里。当然，他们没有明说，而是找出了一些冠冕堂皇的理由，比如脑机接口还不稳定，可能出问题什么的。"

"也许有道理，上次你说过，参加实验的其他几十个婴儿都因为脑机间无法协调而夭折，只有你活下来了。"

"我不知道，我只知道再困在这里我就要疯了！但是他们不肯放过我。他们说，十八岁以前我都得待在这里，一切等我成年以后再说。我想到时候，他们也许还有什么别的借口呢。"法蒂玛说着就忍不住怒气冲冲的。

米诺想了想："我对伦理问题不太了解，不过，如果你愿意的话，我可以问问库伦博士，能不能让你跟我去海底别的地方继续勘探，这样的话，你也没有踏上陆地，应该不算违反了规定。"

法蒂玛的眼睛中放出惊喜的光彩："真的么？我当然愿意了！可是不会给你添麻烦吧？"

"当然不会，我非常需要你这样有海底生活经验和工作能力的助手——咦？"

这时候，深海潜艇中远红外线热成像仪上的绿灯闪烁了起来，表示探测到了一个出奇高热的目标，仪器显示这个目标在一个深深的岩洞里。

他们又惊又喜，法蒂玛让米诺留在深潜艇中，自己从一条大裂缝里潜进去，不久就在岩洞深处看到了一根翻滚的黑色烟柱。那是夹带矿物质的海水喷泉，温度高达一百三十摄氏度。法蒂玛顺利采集了一些样本到携带的高热釜中，半小时后，他们就在显微镜下看到了一群见所未见的半月形微生物在充满硫化物颗粒的金属汤中蠕动着，嬉游着，分裂着……

那就是米诺一直在寻找的"原母"，后来，他们把那个洞穴称为——生命之洞。

5

"法蒂玛，库伦博士的事我很难过。"米诺在通信器里呼叫了她，"你还好吗？"

"我没事，"法蒂玛艰难地说，"我会再去附近看看的，或许会有什么发现。还有生命之洞……"

她离开了只剩下一层灰烬的房间，走出了深极站。一小时后，她到达了生命之洞，洞穴在她头顶几十米的高处。以往海水从低处渗透进地层，被下面的地热加热后沿着岩石缝隙上升，带着各种矿物质从上面喷出，形成洞中的喷泉，但现在一滴海水也看不见了，只有黑沉沉的石头山。

法蒂玛让自己的手掌变成吸盘状，吸附着岩石攀了上去，爬进了山洞。她用光源照着四周，幽暗的岩洞深处散落着黑红色的硫化物，间以银色的金属颗粒，但是最里面的裂缝是一个空洞，热泉早已不复存在，法蒂玛随手抓起一把粉末，握紧了拳头，听到它们在自己手心吱吱作响，然后松手，任它们飘撒在地上。这里早已没有了生命的痕迹。没有水，什么也不可能存在。原母，那地球的生命之母，经历了亿万年的无数灾难，最终也无法熬过这场人类带来的浩劫。

法蒂玛黯然站了很久。她想起当初发现原母之后，她后来又勘探过这里十多次，每次都是和米诺一起，这里也留下了她和米诺之间一连串美好的回忆。至少对她而言是这样的，但现在……

"法蒂玛。"这时候，米诺的回复来了，"你怎么样？有什么发现么？"

"洞里什么都没有。"她干巴巴地说，"原母肯定都灭绝了，这里没有，其他地方也没有。"

米诺没有回答，要半个小时之后他才可能听到她的信息，然后再过半小时，他的回复才能传到她耳中。但即使他知道了，又能说什么呢？

她神思恍惚地走到洞口，无意识地跨出去，不小心坠下悬崖，摔得完全变了形。然后她的身体又在自我保护的指令下慢慢恢复原状。法蒂玛躺在那里，懒得动弹，她在电子角膜中调出了各种虚拟画面，巴黎、雅典、北京、纽约……一个个伟大的人类都市都已陨灭，化为尘土。地球上已没有任何生灵存在，残余的人类在火星和欧罗巴上苟延残喘，看来也不可能撑多久。

一滴泪水从她眼角淌过，落到地上。

不，法蒂玛知道自己不会流泪。她的大脑虽然渴望哭泣，但机械身体没有这样的功能。

她迷茫地坐起身来，望着地下的水点，一时不知道是怎么了，最后，她才发现一滴滴水是从天穹上的云团中出现，又落在地面。

下雨了。

五

"原母"的基因序列被探明后，诸多特征无可辩驳地证明它是地球上现存最古老的生物。它在进化的阶梯上至少在三十七亿年前就和其他生物的共同祖先分道扬镳，此后极少变化。它不太可能一直单独生活在深极点附近，因为这里的形成也不过一亿多年。或许是从别的地方迁移来的，或许在广袤海洋的深处还有许多原母的同类有待发现。

生命起源中缺失环节的发现引起了科学界和民众很大的兴趣，作为原母的发现者之一，法蒂玛虽然并没有学历，却和米诺一同分享了这一荣誉。不顾军方的禁令和嬷嬷的挽留，法蒂玛和米诺一起离开了深极站，如愿以偿地到了巴黎，又去了纽约和东京，见识了她梦寐以求的外部世界。

最初，法蒂玛的美少女形象很受人们欢迎。但很快有消息灵通的记者传出消息，说她是一个深海探测机器人，并非人类。军方旧日的计划曝光，引起了民众的巨大恐慌，除了法蒂玛本身的超人力量和存活能力令人畏惧外，更是谣言纷起，有人说法蒂玛身上内置了一枚核聚变炸弹，可以毁灭一座城市；也有人说，组成她身体的纳米体将会失控，吞噬整个世界。这些谣言带来的恐慌远远盖过了先前的科学发现，铺天盖地的谩骂诅咒接踵而来，人们说她是"人形杀人机器"。法蒂玛的荣誉很快变成了污名。

法蒂玛毕竟只是一个十八岁的女孩。她精神崩溃，彻夜难眠，这时候她才明白嬷嬷不让她离开深极站的良苦用心。是米诺安慰和保护了她，让她免受了许多骚扰。在法蒂玛的强烈要求下，米诺为她安排了移植克隆身体的手术，现在法蒂玛把获取新生的全部希望都寄托在这上面。但当她兴奋地打电话告诉嬷嬷这件事时，嬷嬷却说：

"法蒂玛，你……不能去进行大脑移植。"

"为什么？"

"我……向你隐瞒了真相，"嬷嬷的声音低沉起来，"但现在必须告诉你了，当初你之所以能活下来，是因为我改变了人机连接方式，直接将纳米体深深植入你脑部深处，它们取代了神经胶质细胞，模拟了人类的脑结构，你的大脑至少一半是由纳米体构成的，无法再移植到普通人类的身体里去。"

法蒂玛惊呆了："你为什么要这么做？"

"军方本来计划培养出人机结合的特种战士，但以往的尝试都失败了，我冒险一试，反而获得了意外的成功。你活下来了，虽然身体像成人，却像婴儿一样无知无助。而我女儿在战争中被炸死了，我陪伴你的时间越长，就越喜欢你，最后把你当成了自己的女儿。我想到他们知道我成功后，肯定会拿你去做各种实验，甚至会切开你的大脑进行研究……所以在报告里隐瞒了真相，误导他们认为这是无法复制的偶然……后来，当计划被废止后，我带你离开了军队，来到了深极站。"

"这么说，我根本就不是人类？连……连大脑都不是？我真的是一个机器人？"

"你当然是人，孩子。"嬷嬷无力地说，"你是一个很好很好的女孩儿，只是具体来说——我是说——"

"你说谎！我恨你！为什么要让我活下来！我再也不

想见到你！"法蒂玛尖叫着，将电话在手里捏成碎片。

她不得不取消了手术，也不敢告诉米诺原委，米诺也没有问为什么，过了几天后，他对她说："我要把一些原母的样本送回欧罗巴，你有没有兴趣一起去？那里只有一个很小的居住区，但你可以看到木星升起时横亘半个天空的样子，带着气势磅礴的条纹和大红斑，以及一连串珍珠般的卫星，美极了。任何去过的人都忘不了，我想你或许可以去散散心。"

"好啊。"她轻声说，心中一阵酸楚的甜蜜。她知道自己永远也不可能和米诺在一起了，因为她不可能变成真正的人类，但至少现在米诺还在她身边。

到欧罗巴的旅程是法蒂玛最开心的一个月。因为她每天都可以和米诺朝夕相处，无所不谈。但法蒂玛的喜悦在下飞船的那一刹那终结。飞船和基地对接后，她走出飞船，就看到在舷窗外木星的炫目光芒之下，一个热情如火的红发少女向米诺跑来，米诺拉着少女的手，说是他的未婚妻米莉亚，介绍给她认识，那时候，法蒂玛强笑着，忽然想起了一篇读过的安徒生童话。

他怎么会喜欢我呢？就算脱去了鱼尾，我也不是人呢，她苦笑着对自己说。

一个月后，法蒂玛不顾米诺的挽留，孑然返回地球。当她越过小行星带时，那颗彗星撞击了太阳。

6

雨淅淅沥沥下了起来，很快从小雨转为瓢泼大雨，最后竟如倾泻的瀑布。水不仅从天上落下，也从四面八方的高地奔流下来，成为大地上最初的江河。法蒂玛站立着，看着脚下干涸的海谷再次被水所覆盖和充塞，看到浑浊的泥浆盖过自己的脚背，沿着双腿，漫过膝盖，上升到自己的头顶。她心中被惊喜所充满，忍不住合拢双腿，让它们连在一起，长出鱼尾，并在水中舒展着身体。那种熟悉的感觉又回来了。

大雨下了整整六十个昼夜，是四十亿年来最大的一场雨。

随着等离子气团的消散，温度降低，萦绕着地球的水蒸气再度凝结为液态水，返回地球表面。在太阳灾变中，已经有很大一部分水体在蒸发后被驱散到星际空间，法蒂玛不知道有多少，但是剩下的水仍然足以填平低洼的大洋盆地，古老的海洋开始复生。

但生命却没有随着海水一起回来。几天后，法蒂玛离开了海沟，在大洋深处游弋着，寻找着可能残留的生命，但却连一只磷虾、一片海藻都没有见到。即使那些躲藏在深海岩石底下的古菌，也都已无影无踪。

地球返回到了生命出现之前。被太阳过分加热的其他后果逐渐显现出来：火山活动比以前剧烈了百倍，天空中布满了火山灰的黑云，水气和火山喷发出的二氧化碳等气体逐渐形成了新的大气层，但是几乎没有氧气。即使有什么高等生命能够在太阳灾变中幸存下来，也无法熬过那之后的时光。

法蒂玛和米诺一直保持着联系。米诺告诉她："现在太阳系剩下的人类已经不多，大概不到一千人，他们中的大部分没有可循环生态系统的支持，只能消耗现有资源，撑不了几个月的。而地球也不再适合人类生存。即使像欧罗巴这样有自己生态系统的居住区，许多必需的设备也需要地球的工业配件，无法自己生产，而这些配件中的一些重要部分必然已经在高温中熔化了，因此……"

他顿了一下，法蒂玛明白他的言下之意：人类灭绝只是时间问题。

"欧罗巴还能撑两三年，在这段时间里，我们欧罗巴上的人类只有一件事情可以做：在欧罗巴的冰下海洋中，也有类似海底热泉一样的地质构造，或许在那里我们可以让原母重新繁衍。也许亿万年之后，生命的花朵会再次从这块移植的根茎上长出来的。

"你的飞船还在吗？回欧罗巴吧，我们几个最后的人类应该在一起，至少彼此不再孤单。再说，我和米莉亚也很牵挂你。"

法蒂玛静静地躺在深极点的石碑下，聆听着宇宙深处那个人传来的声音。她不知道怎么回答，答案已经在她心里写下，却难以说出口。

最后她听到自己的声音说："不，米诺，我不会再离开地球，这里才是我的家，我会在地球上继续搜索幸存者。祝你和米莉亚……幸福。"

尾声

法蒂玛在茫茫大海上仰望着天空。只见那里仍然阴云密布，大海上波涛起伏，却没有一点生命的迹象。

两年过去了。在过去的两年中，她走遍亚洲和美洲，遍访那些昔日大都市的废墟，以一种从未想过的方式实现了环球旅行的夙愿。但她一无所获。在地下数千米的矿井中，她发现了几具保存相对完好，还没有变成焦炭的尸体，仅此而已。那些人或许熬过了头几天的酷热，但无法熬过大气层的消失。

法蒂玛自己的大脑供氧是皮肤电解水得到的，使用的是冷聚变能。一系列复杂的纳米聚合体在她体内将皮肤摄入的元素合成各种有机物，作为滋养她大脑的养分。在满目疮痍的地球上，她仍然保持健康，长命百岁毫无问题，也许能活两百岁，如果她的大脑允许的话。法蒂玛禁不住想，如果人类都拥有她的身体，完全可以熬过这次劫难。但人类却出于对机械人的恐惧，立法排斥这项技术，几十年来只有她一个这样的怪胎出现。

愚蠢而自大的人类，无时无刻不在犯着可笑的错误，却总能获得上帝的原谅。只是到了最后，上帝的耐心用完了。

法蒂玛最后望了一眼天空，她告别了海面，摇曳着鱼尾，向海底深处潜了下去。

七天前，她收到了久违的米诺的信息，最近几个月，她和欧罗巴之间的通信几乎中断了。她很想念米诺，不知道欧罗巴发生了什么。但米诺的信息也只有断断续续的几句话，听得出他已经相当虚弱：

"坏消息……播种的原母全部死亡了……欧罗巴的海水成分……它们无法存活……生态崩溃……食品供应中断……米莉亚昨天已经死了……我也……"

"米诺，你怎么样？米诺？米诺！"

她焦急地呼叫着，但几个小时过去了，然后是十几个小时，再然后是几十个小时，她始终没有收到回复。

两个星球之间的联系永久中断了，再度被深不可测的空间分开，正如过去的几十亿年和未来的无数岁月一样。

法蒂玛越潜越深，已经能够看到海底的深谷了。海水包围着她，虽然没有了生物，但还是地球的大海，如此温暖、舒适，充满熟悉的气息，如同母亲的子宫。而欧罗巴的海水是潮汐作用形成的，寒冷粗粝，如同流动的冰，完全没有这种美好的质感，原母没有办法在那里存活下去，法蒂玛一点也不奇怪。她记得自己在欧罗巴上最后的那几天，当她尝试在数百公里深的冰水中下潜时，忽然被一种极度陌生的恐惧所抓住。她忽然明白，这才是真正冷酷的深渊，而深极点却是母亲的怀抱。在那一刻，她无比想念太平洋的水流，想念嬷嬷的慈爱、老乔治的憨厚、中村的认真，甚至维弗利的刻薄……

于是她决定返回地球，也许她会面临更多更大的压力，但一切总会平息，她会在深极站平静地生活下去，和嬷嬷他们相依为命。这个决定和米诺、米莉亚无关，而是她终于找到了真正属于自己的地方。

只是当她返回时，一切已经面目全非。

法蒂玛降到了海沟底部，然后游向生命之洞。她进到洞的最里面，看到一缕浓浓的黑色烟柱从一条缝隙中冒出，在水中漂荡着。法蒂玛测量了温度，一百四十六度，这是原母也无法忍受的高温。但对她来说，一切刚刚好。她向着黑烟冒出来的裂隙潜了下去。一种从未有过的亢奋充满了她全身。

"米诺，这个世界还有希望。"她说，虽然怀疑在六个天文单位之外是否会有米诺或其他人类听到这一信息，但她还是想说，"我会重新赋予这个星球以生命。"

在她说话时，她看到自己的皮肤开始裂开和脱落，露出了一层层的精密组织，它们都是由纳米体构成的，而它们也渐渐溶化在这富含大量金属元素的黑浆中。

"你知道么？嬷嬷在临终前，在房间的金属墙壁上用激光刀刻下了给我的遗言，告诉了我这副身体中的许多技术细节，她知道我一定会回来的。我想她希望我能在剧变后的地球上活下来。

"组成我的纳米体，某种意义上也是一种细胞，和古菌很类似，有简单的可复制分子结构。不需要氧气，而是依靠热能进行活动，只需汲取硅、水和若干金属就能复制自己。如果说有什么不同，那就是：它们是硅基的。这其实更有利，地壳中四分之一都是硅。海底更是到处都是硅藻泥。

"在绝大多数情况下，它们保持活性，执行命令，但不会进行自我复制，否则我早已被癌细胞所吞没，世界也早已被侵蚀干净。但在孕育它们的培养基中，由于热能的催化，它们才能高速繁殖，因为那恰恰也是富含营养物质、一百几十度的高压汤。"

法蒂玛感到自己周身的纳米体都被激活了，它们扭动着，跳跃着，快乐地和身边的同伴告别，解除了一切联系，跃入周围欢腾的水分子之中，在那里，它们得到了远大于那点冷聚变能的无尽热源，还有丰富的食物可以享用。

"我发出了最后的指令：分解自己。这是一个很难掌握的指令，但我学会了。一旦分解，我将永远无法复原。我不可能把自己的身体重聚起来。这些微小的纳米体将在炽热的黑泉中活下去，并从周围的矿物质中汲取养分，一代代繁殖自己。暂时它们不可能离开这个环境，否则会因为温度降低而丧失活性。在未来几百几千年里，它们都将活在这儿，被囚禁在深海热泉中。但这种复制会逐渐发生错误，大部分错误是有害的，但总有一部分变异的纳米体会适应更温和的环境，在外部生存下来。这只是时间问题，而进化，最不缺的就是时间。"

法蒂玛感到意识渐渐模糊，她的身体已经无法正常运作，大脑供氧也越来越慢了。这个大脑——古老原母最后的后裔将会在几分钟内因为缺氧死去。但她必须说完这件事。

"我不知道这在什么时候会发生，但只要地球继续存在下去，这必将会在某个时间点发生。那将是地球的第二奇点。随后最多只需几千年，这些纳米体的变异后裔将充满大海，随后发展出各种千奇百怪的形式，被进化的伟力重新组合起来，变成新的多细胞生物。它们将在亿万年后登上陆地，重新开始向智慧巅峰进军。

"而我，以及你和所有人，我们灭绝的人类将永远活下去，和它们一起活下去。纵然这些亿万年后的遥远生命已经不可能再记得我们，或这个史前地球的任何信息，但它们是人类的造物，我们将和它们同在，直到永远。或许这一切早已发生过了，谁知道呢……

"我曾经憎恨过这个身体，憎恨过制造它的嬷嬷，憎恨过全世界，也恨过你……但现在不了。生命的出现已经是一种恩典，我们都需要感恩。

"我爱你，米诺。我也爱嬷嬷，爱人类、生命以及整个世界。这份爱将和新的生命一起活下去，直到亿万年之后。"

在大海深渊中的洞穴里，法蒂玛的身体翻滚着，变得面部全非。在她不成形的脸上泛起最后一丝微笑，而那微笑就凝固在了那里，直到在黑烟中化尽。

而新生的生命在周围欢歌着，它们的舞蹈宛如江河，宛如潮汐，宛如日出日落，生生不息。

海洋里沸腾的生命之汤

王伟昭

即使文明和科技发达如今，对于人类来说，海洋深处仍然隐藏了太多的秘密。

而只有神秘和未知的世界，才能承载我们更多美好的想象和期望。

《海的女儿》把故事架构在了深海这个舞台中，既向我们展示了生命如何在宏大的灾难中走向灭亡，又借角色之口，阐释了两种生命起源于海洋的假说："原生汤"理论和"深海热液"理论。

无论在科技还是哲学领域，生命的起源都是永恒的命题，而"生命起源于海洋"对于很多人来说，又是一种最接近直觉的判断。是啊，比起陆地的坚硬和广袤、天空的缥缈和虚无，海洋是温暖的，是流动的，是有活力的，既神秘又包容。海洋就像是地球的子宫，生命诞生于此，成长于此，最后脱胎换骨来到世间，这似乎真的是对于生命起源再自然不过的一种假说了。

事实上，生命起源于海洋的假说，在学术界确已流行了近百年。这个假说最早成形于1924年一位名叫奥巴林的科学家笔下。这位苏联科学家的理论被很形象地唤作——原生汤（prebiotic soup）假说。

汤这个字，简直妙极。想象一下，太阳初升的清晨，饭桌上一碗咕嘟咕嘟冒着气泡的热汤——若有什么小生灵从汤里探出头来，大概您也不会有任何惊讶吧。

据奥巴林先生推测，原始地球上，别说生命了，就连有机物都不曾存在。地球被一层厚重但热情翻滚的红色液体所包裹，这红色的液体里虽然没有生命，但包含了构成生命的最重要元素——碳。而红色液体之外，又包裹了原始地球的大气层，这原始大气层更是和生命二字不沾边，只包含了一些分子量极低的成分，如氢气。时光累积，星辰变幻，这红汤里的碳竟然和大气里的氢抱了团，诞生了地球上最早的复杂碳氢化合物。当然，红汤和大气的联姻并未止步于此，原始大气中的其他成分，诸如氨气也纷纷投身入滚热的红汤中，这些无机成分不断叠加累积，终于有一天，这锅红汤——冒泡了。

是的，根据奥巴林的想象，这些不断聚合的无机物逐渐凝聚固化，最终成长为一些颇具体积的液滴状高分子物质，漂浮在红汤表面，继续进行着合纵连横，更复杂的化学反应发生在它们内部或之间，成为了真正意义上的有机物，进而发生了更奇妙的质变——它们具备了代谢和自我复制的能力，生命的雏形就此诞生。

这样的假说新奇有趣，虽然当时还并未经过实验或考古的验证，但颇有一种令人信服的朴素魔力。

　　如果说奥巴林先生在学术界的地位还不够如雷贯耳的话，早在1871年，堪称近代史中最重要人物之一的达尔文先生，在一封写给朋友的信中就曾写道："我猜最早的生命应该诞生于一片温热的小池塘里，那里本来有各式各样的磷酸盐和氨，混合着光、热、电，一系列化学反应催生了最早的蛋白质，进而引起更复杂的变化，直至生命出现……"

　　毫无疑问，达尔文先生最著名的理论是进化论，那包含了他毕生严谨的实地考察、推理和天才般的思考。这一小段关于生命起源的论述，更像是他信手拈来的一种浪漫想象。哪怕是构建了相对完整的原生汤假说，并对其不断修改完善的奥巴林，也只是让自己的理论体系停留在了假说阶段而已。如今提到"原生汤"理论，人们会更多地提起另一个名字：米勒。

　　奥巴林的原生汤假说中，有一个最关键且大胆的假设——原始地球中的无机物不断聚合在一起，形成了最早的有机物，从而奠定了生命起源的基础。

　　而米勒之所以能够分走原生汤假说的一半光环，是因为他亲手用实验证实了这个假设的成立。20世纪50年代，师从诺贝尔化学奖得主哈罗德·尤里的博士生米勒，开始了自己关于生命起源的实验。在恩师的理论中，原始地球的大气成分主要为氨、甲烷和氢气，米勒设计了一个实验系统，将这些"原始地球大气成分"和水（模拟海洋）混合在一起，水在实验系统中被不断加热和冷凝，使得水蒸气不断混入"原始大气"中，又化为"雨水"落下。而混入了水蒸气的"原始大气"，还会经受电极放电的冲击，以模拟"闪电"。这个巧妙的可以循环进行的实验持续了大约一周，最后的结果令人惊叹：

"海洋"逐渐变为红色，而原本只有简单无机物构成的实验生态中，出现了组成蛋白质的重要成分——氨基酸。

到此为止，"原生汤"假说中最关键的一个假设得到了验证：从无机物到有机物这个"无中生有"的演变，是切切实实可能发生的。

米勒的实验让原生汤成为生命起源中最重要的假说之一，但随着DNA和RNA理论的发展，无法从米勒实验的环境中制造出DNA或RNA，成为这个假说的最大短板。近年来被戏称为"黑烟囱"的"深海热液"假说频频被新的发现所验证，大有取代"原生汤"地位之势。但有关生命起源的研究依旧处于众说纷纭的战国时代，原生汤假说还有太多被继续演进和证明的机会。未到生命之谜解开的那一天，这锅热汤大概会一直在学术界和我们心中，沸腾下去吧。

春日泽·云梦山·仲昆 ▪ 拉拉 ▪

春日泽·云梦山·仲昆

信步走上云梦山的时候，天还没有亮，雾气蒸腾，白云从山巅缓缓流下，回头望去，仪仗军士们已经看不到了。

我故意留他们在山下。我不想让他们看见。这山上，有我不愿意让任何人看到的东西……有我和偃师共同保护的秘密……只不过，我活着，闭紧嘴；他死了，永远合上了眼睛。

一想到偃师的眼睛，我就浑身上下打了个激灵。那是一双多么令人激动的眼睛！在我们生平第一次见面的地方，似乎连水面也被他的目光所照亮……

那一天，也好似今天这样，云蒸雾绕。在我的记忆里，每一次和偃师见面，似乎都是这样。那天，我穿着短裤，拿着矛，站在云梦泽中间。按照父亲的要求，我已经抓了一上午的鱼了，却连小虾都没有抓到一只，正是懊恼万分的时候。

突然"哗啦"一声，岸边的芦苇丛中钻出一个小孩，穿着平民的衣服，肩上扛着根长长的奇怪竿子。他看了我一眼，那双清澈到几乎是淡蓝色的眸子中流动的光华吓了我一跳。许多年以后，我才知道一个人为什么会有那么明亮的眼睛。

"喂！"我不高兴地说，"你是谁？来这里做什么？"

虽然我只穿着短裤，但是屁股上面绣着贵族的旗号，这小孩也看出来了，笑眯眯地说："我来钓鱼啊，大人。"

这个小子看起来并不比我小几岁，可是叫我大人，我听起来还是比较舒坦的，脸上不由自主地浮现出了微笑。

"钓鱼？你用什么钓？"

他轻轻地扬了扬手中的竿子，一长串的浮漂和钩子，由一根细得几乎看不见的丝悬着，在空气中悠悠地荡着。

我"哇"的一声叫了出来："这是周王用的钓竿啊！"

"你见过周王的钓竿？"

"上次郊祀的时候见过，是周王的八宝之一。"我不无得意地说。

"你真厉害，还能参加大典。"小孩羡慕地说。

其实这话应该反过来说才对。我只是随着父亲远远地看了一眼，而这个小孩自己就有一根。我们俩相互钦佩，就一道坐在芦苇丛下。

"你是哪儿人？我从王城来，叫姜无宇。"我神气活现地说。

"我就住在这山上，我叫偃师。"

"哈哈哈哈，对了，偃师……你几岁啊？"

"13，你呢？"

"我14，明年就要娶妻生子了。"我越发得意起来，转念一想，又把架子放下来。

"你这根竿子是打哪儿来的？"

"我自己做的。"

我吞了口口水。"你给我钓一条鱼吧。"

"为什么？你是贵族，还用自己钓鱼吃？"

"我父亲要我钓的。我们家是兵家，如果不会抓鱼鸟，就不能学习狩猎，不能学狩猎，就不能学战阵，也就不能跟父亲上阵打仗，"我长长地叹了口气，"这个夏天过去，父亲就要带哥哥们去砍北狄人的脑袋了……"

"你喜欢砍人脑袋？"

"我喜欢砍人脑袋。"

"那好，"偃师转了转眼珠子，"将来如果你砍下了北狄人的头颅，送给我一颗，我就帮你钓鱼。"

"小小年纪，你要北狄人的脑袋干什么？"我看他两眼。

"我只是想看看天下人的脑袋有什么不一样。"偃师淡淡地说。

这样，我就欠下了人情。可是吹的牛皮中到现在为止只有娶妻生子成了真。父亲在北狄打了大胜仗，擎天保驾之功，王赐婚于我大哥，我家一夜之间从贵族成了王族。天下赖我父亲而太平，再也不用出兵打仗了。

不过这并不妨碍我和偃师成为好朋友。他住在云梦山上，那之后的很长一段岁月里，我一有空就到他那里去。

　　而如今，我已经很久没来这里了。从"那次"以后就没有来过。我不知道自己为什么会再一次信步走上云梦山。上山的时候我思绪满腹，但路是已经熟悉到不用眼睛也能走完的程度，当我从沉思中猛地惊醒过来，那小屋已在眼前了，这里还一如从前，仿佛随时偃师会开门迎我进去。

　　偃师非常之聪明。我常常觉得他的聪明超越了我们这个时代，超越了大周的伟大疆域。他年纪不大，却一个人住在山上，并把自己周围的一切整理得井井有条。他的小屋里堆满了各种稀奇古怪的东西，一大半都是他自己动手做的。好玩的东西里包括会自己转圈的陀螺，会从架子上翻下来翻上去的木猴，会"吱吱"叫的木蝈蝈，当然也有实用的，如只有王室工匠才造得出的鱼竿、木轮，可以自动抽丝的卷丝木架……而且随着时间流逝，他屋子里的古怪东西越来越多。17岁的时候他把流水引入了小屋底下，推动着一个叫作大水车的轮子，这样，很多机械人兽活了起来，按动一个机关，就会有一个端着热茶的傀儡从墙壁后面转出来……这些东西随便放一两件到尘世中去，都会是稀世之宝，可是偃师从来没这样想过，我也没有。我只是闲暇时就到他的小屋中坐坐，小时候玩陀螺，长大了喝茶。

　　有一次我问偃师为什么想要做这么多的东西。

　　他习惯性地淡淡一笑，用那种永远都不咸不淡的口气说："我只是想看看，这种东西做出来有什么意义。"

　　"你不打算让全天下人都见识见识你的本事吗？"我

从傀儡手中接过茶，追问道。

"这个时代的人不会喜欢我的作品。"

我沉默了。不是因为说不过他，而只是一种习惯性地沉默。偃师的脾气我清楚，他总是用他那冷冷的眼睛，把这世界看得扁扁的，这是一种孤芳自赏式的清高，和饿死在首阳山上的那两兄弟脾气近似。那两兄弟一边受朝廷褒奖，一边私底下受人嘲笑。偃师既然这样说，我就闭嘴，免得让自己尴尬。

"如果让大王看到你的作品，他一定会把你召进宫去。"过了一会儿，我忍不住又说。

"我知道。"偃师淡淡地说，"可是我从来也没想过要做王臣。"

这话里隐隐有看不起当官人的意思，简直是在嘲讽我。我又沉默了。

偃师和我其实完全不是一个世界的人。可奇怪的是，在很长的时间里，我能勉强容忍他的孤高，他也能勉强容忍我的世俗。我们待在一起的目的，似乎只是想身边有一个影子，能够打发掉漫长的寂寞。

因为在家里，在人多的地方，我会更不自在。

那种不自在是与生俱来的，因为我有两个哥哥，两个盖世的英雄。他们和我的父亲一样，在神一般的光芒照耀下，在大周的天空中闪闪发光，而我成了典型的灯下黑。现在，大哥又出征了，如果再次胜利归来。我们家又将风光无两，而我，则会在巨烛的光芒里被烤得不成人形。与其那样，还不如与偃师一道无聊地在山峦里打发时间来得好。

我于是再也不说话，转头望向窗外。在这个薄云缭绕的早晨，天上的云彩沟壑纵横地排列着，阳光如同金色的长蛇，在沟壑之间蜿蜒爬行。窗外稀疏的树林变成了剪影，默默地站立在青光耀眼的天幕之下。

这是我永生难忘的景色。

我刚一踏进大门，迎面就走来了二哥和周公二人，我忙不迭地行礼。二哥笑了笑，周公老头子更是笑容满面地把我扶起来。

"哟，看看，看看，这是老三吧？都这么大了……真是双喜临门，可巧的你就来了。"

我一脸假笑地看着二哥。二哥冷冷地看了我许久，这才慢慢地说："你几天没回来，不知道朝廷里和家里的大事。咱们的大哥又大胜了，王已经下令让他凯旋回都，还朝后还要赐予征岚宝剑……"他又看了我许久，仰头看天，道，"咱们一门也算是盛贵无边了，大哥和我都娶了公主，放着你也不好。王宫里的旨意，可能要把王最小的流梳公主下嫁给你——你要争气！"

我连连点头，恨不能向二哥表达清楚我的感激之情。

二哥和周公出门，又回过头来："上次你拿来的那个什么可折叠的军帐，大哥这次出兵用了，说还可以用……你还有没有这些小东西，再拿些来看看。"

"那是我朋友做的，"我吓了一跳，"他、他并不想这些东西流传开来，我、我……"

二哥"哼"了一声，目光扫过来，我像被割倒的草一样弯下腰去，等我抬起头来，早已不见他们的人影了。

"人是到不了最向往的天空的。"偃师怔怔地望着高高的天空说。

"就像王一样。"我站在他的身边，眯着眼睛看。我的视力不太好，而且天太高，也太亮，十分不适合我阴暗的眸子。

"我们所能做的就是接近它而已。"

"这也是我想要做到的。"我在心底对自己说。

山后面终于传来了奴隶们气喘吁吁的号子声，我们俩同时回过身来，只见在山坡顶端的密林之中，大木鸢已经露出了它巨大的翅膀。

"好！看我的手势！"我在马上立起来，指挥身旁的小夷奴拼命地挥舞着家族旗号，"看我的手势就放！"

"等一等！要看风向！"偃师也自马上立起，"风向现在不太对……等一下！"

"叫他们等一下……笨蛋！怎么拉不稳？"我使劲往小夷奴头上踢了一脚，"滚过去，叫他们给稳住！"

小夷奴连滚带爬地还没冲出去十丈远，又一股罡风卷起，大木鸢在一众菜色的奴隶头上高高扬起，终于"嘣"的一声，绳索断裂的声音整个山谷都听得见，大木鸢猛地一下拔地而起，接着头往下一沉，在那些搅乱我视线的奴隶乱抓乱挥的手中一闪而过，终于彻底地离开了山顶，在看不见的气流的推动托举之下，起起伏伏地沿着山谷向下飞去。

　　我们张大了嘴，过了好一会儿，才从震惊之中清醒过来。

　　"哈哈！飞起来了！真的飞起来了！阿偃！"我狂喜地喊起来，"居然飞起来了！这么重的东西也能飞起来！"

　　"只要能借风势，再重的东西都能飞起来。"偃师眼睛望着远远飘去的木鸢，轻轻地说。

　　我在心中默默地咀嚼着这句话，直到偃师忽然失声叫道："糟了！"

　　大木鸢没有绳子的牵引，飘飘荡荡地越飞越远，眼看就要越过另一边的山头，落到春日泽那边去了。我"哦哟"一声，甩开马鞭的时候，偃师已经箭一般地直冲了出去，我举着马鞭想了半晌，才想起为什么自己会犹豫了。

　　"阿偃！不行啊，过了山头就不是咱们家的了，春日泽是王的封田！"

　　山谷里空空的，只有我的小夷奴傻呆呆地站在面前。我突然气不打一处来，没头没脑地赏了他一顿鞭子。

　　下一眼看见偃师，准确地说是看见大木鸢的时候，春日泽的晨雾正在渐渐淡去，但是阳光好像无论如何也射不进这个地方。但这里依然被什么照亮了，那就是流梳公主。

　　流梳公主的鸾驾是一架巨大的红色马车，马车正停在春日泽清幽的湖边上，远远望去仿佛是漂浮在湖面上的小房子。

　　湖水微微荡漾，红房子和青衣仕女的倒影被撕扯得千奇百怪。

大木鸢就静静地漂浮在马车旁边的水草中，可是我没有看见偃师。不可能，他明明比我先到。我手一挥，数十个奴隶呼啦啦跪在泥水中。我踩着其中一个的头跳下马，快步走近鸾驾，在一众仕女惊疑的目光下，单腿跪地，朗声说道："臣，征夷大将军姜黎三子，明堂宫左领军卫姜无宇，请见公主。"

车内有个清越的声音轻轻地"啊"了一声，我虽跪在地下，却也看得见周围的仕女们先是震惊，而后一个个掩嘴而笑。刹那间我脸红到了耳朵根。

但这脸红并不是因为羞涩。我的心中只有羞愤。关于流梳公主可能下嫁我家成为征夷大将军三儿媳的说法，在国内早已是不胫而走，可是却又迟迟没有下文。我知道，这是二哥在故意羞辱我，玩弄我，在半空中悬着一个似乎伸手可及的桃子，外人不知，我其实是跳起八丈高也挨不着桃子的边儿。二哥也许会在玩够之后把桃子丢给我，那要看我成为王婿之后会不会危及他右执政大臣的位置。

我把头埋得更低，想要说什么，却又咽了回去。我几乎放弃要回木鸢的想法了。这个时候，门一响，偃师从里面躬身退了出来。

大木鸢最终也没有拿回来，因为偃师把它送给流梳公主了。这个小子，一点儿也不知道我和从未谋面的公主之间的牵扯，证据就是，在我俩已不多的话题中，突然多出个流梳公主来。那天晚上，我们还没走到分手的地方，我就已经清楚地知道了公主的长发、扎头发的紫绳、白菊花的衣服以及在昏暗的马车中闪闪发光的小手。我一面脸热心冷地听着，一面想该怎么向父亲和哥哥们解释今天发生的一切。如果让二哥知道我竟然觐见了公主，不知道会拿什么好果子给我吃，一想到这里我的头就大了三分。

然而那天晚上，父亲和哥哥们与周公喝酒，很晚才回来。我忐忑不安地过了一个晚上，然后又这样过了十几个晚上。

最终什么事情也没有发生。宫里宫外没有人知道流梳公主的奇遇。二哥皮笑肉不笑地在我面前提到"从天而降的木鸢"，眼神中透着嘲弄，他大概以为我会想到别的什么上去，而我，恰好也在希望他能想到别的什么上去。公主的名节与我无关，只要能逃脱大难就行。

于是见偃师的日子足足向后挪了数十天，等我再一次上得云梦山的时候，盛夏已经快要过去，山麓中已有片片秋叶。我还没进门就已经被吓了一跳，我派来负责照顾偃师的奴隶带给我一个震惊的消息，在这数十天里，偃师已经去了好几趟春日泽。

换一句话说，在我与二哥明争暗斗的这段日子里，我最好的朋友和未来可能成为我夫人的公主已经偷偷见了几次面。我心中一时间像打翻了五味瓶一样，很不是滋味。

不过，这种感觉在我进屋后的一会儿工夫里就忘得干干净净了。就一阵儿没来，屋子里已被许多我连见也没见过的东西塞得满满当当，我从门厅走到里屋甚至还得爬过一大堆的木头架子，当我爬得正起劲的时候，架子上一只会叫的木鹦鹉"哇"的一声，吓了我一大跳。

偃师就站在里屋中间，笑吟吟地看着我狼狈地从架子上爬下来。才一个多月没见，这小子好像忽然长大了一圈，脸色也红润起来。

我心里"咔"了一声，不过也不是如何讨厌，说老实话我还是很高兴看到他的。

"喂！你这小子，"我装着很不乐意地嚷嚷，"你要拆家呀，弄得这屋里……嘿哟你个坏东西！"我把一个跳出来的木头小人一巴掌打到一边去。

"我在做东西。"偃师说，"不知道为什么我最近忽然很想做东西，可惜一直都不知道做什么才好。"

我知道你为什么忽然很想做东西。我心里想着。小夷奴告诉我，这几次见面，偃师都送给流梳公主许多稀奇古怪的玩意儿，因此公主想要见到偃师的心情也是可想而知的。

"是想谁了吧。"我不经意地脱口而出，又赶紧捂住嘴。

还好偃师根本就没听见我说什么，兴致勃勃地在屋子里转来转去，给我看这一阵子他的各种发明。

"你看，这是小木鸢，这是爬绳木猴……这是脚踩的抽丝架子……这是可以放出音乐的首饰盒。"

他拨弄了一下那盒子，盒子里就发出叮叮咚咚的声音，听起来像是铜锤敲在云片石上的声音，不过，管他呢，小女孩就喜欢这种没听头的声音，还管这叫音乐。我虽然一一地看，嘴上也应和着，其实只是敷衍，直到我的眼睛在一片红色的刺激下猛地亮起来。

那是放在偃师枕头边的一方丝帕。一方红色的丝帕。

158

那红色，突然之间如同火一样在我的眼中燃烧起来。

在国中，除了王室的近亲，还有谁能拥有如此华丽的丝帕？不知为什么，我的嘴唇哆嗦了一下。

公主！

流梳公主！

看见自己未来夫人的手帕，体体面面地放在好朋友这里，应该是一种什么样的感觉？我不知道……我甚至都不知道自己在想什么……在我知道自己在想什么之前，跳进我脑海中的第一个印象竟然是我那笨蛋二哥！

我由于控制不住心里翻江倒海的思绪而长长地吐着气，只好走开两步好冷静下来。公主，流梳公主，王的幼女，我的二哥忙着把公主变成我的枷锁，而且还要在那之前忙着看场我自己伸脖子跳绳套的好戏！

"你看，这个这个，跳舞的娃娃，"偃师招呼我说，"这个好看吧？"

我走过去，板着脸，一伸手就把那个正蹦蹦跳跳的小木头娃娃扫到地上。偃师抬起头来，被我眼中流露出的神情吓了一大跳。

"你干什么？"

"你以为这些逗孩子玩的玩意儿能够骗到公主的欢心？"我冷冷地说道，"别傻了。"

偃师像是陡然间被人抽了一鞭子，脸先是一白，接着慢慢地红起来。

"听着，我们是朋友，就恕我口气不恭了，"我的语气纯粹是在找茬儿，没有请人原谅的意思，"公主也不小了，今年16岁，已经待嫁。"我把这两个字吐得特别重，"你想想看，围着公主的都是些什么人？"

"你、你……我、我……"这一下，偶师失去了往日高高在上的平淡冷漠，语气慌张得我直想大声笑，"我没有……"

"你骗得了别人，还想骗过我？"我大声说，竭尽所能要摧毁偶师的掩饰，"你这些天来做了什么事情我会不知道？你就算不说我也知道。你看你的样子，又得意又害臊，呸！害什么臊！我全都城的姑娘都追遍了我还不知道什么叫害臊哩！"

这也是我的风格。我就是理直气壮的一个俗人。不过今天，俗人的气势远远盖过了清高人的羞怯。我大声地说着，并忽然发现在我的计划开始实施以前，就已经得到了意外的满足感。

我花了几个时辰把偶师摆平了，我几乎大胜，我让他相信，要想得到流梳公主甜甜的一笑非常简单，但想要得到她的会心一笑却非常难，除非他做出最动人的奇珍异宝来。

这事对偶师来说，应该不难。

"可是，做什么好呢？"偶师紧皱着眉头想，"我不知道什么是最动人的东西。"

我也不知道。不过现在我正在气势上压着他，所以不能表现出没主见。我踱来踱去，不小心踩着了什么东西，发出"叽"的一声。

"人。"我把脚挪开，冷静地看着脚下被踩扁的跳舞娃娃说。

"人？"

"对，一个会跳舞的人。跳舞娃娃有什么稀罕？如果你能做出一个真人大小的跳舞娃娃来……"

偃师的眼睛直了。

"那将是空前的杰作，阿偃。从来没有人，可能将来也不会有人做得出来。没有女孩子能抵挡住如此可怕又可爱的东西。"

偃师从床上站了起来。

"听着，这是你所能达到的最高成就，"我口气轻松地拍拍他肩膀，其实自己心里也在为想出如此可怕的主意而颤抖，"有什么需要，尽管跟我说好了。"

我刚一回王府，浑身上下就是一哆嗦，赶紧夹手夹脚低下头来，可是已经太晚了。

大哥和二哥两人脸青面黑地站在门厅中，大哥手下的一百多名重甲兵环列四周，二哥手下的一百多名官吏则聚拢在其身后。看样子两个人又吵架了。我最怕他们两个人吵架。一个是手握重兵的中军大将，一个是位高权重的右执政大臣，他们两个吵起来，整个大周都要摇动，所以他们一般很有理智，一旦相持不下，就拿小弟弟来出气。

他们只有我一个弟弟。

"到哪里去了？"大哥问。他说话的时候，我都听得见他周身那些盔甲和刀剑碰撞的声音。

"我……"我吓呆了。

　　"跟你说了，让你每天到朝上跟我好好学习！"二哥不甘示弱地插进来，"一天到晚地往外面跑！你以为在外面跑野了，人家就尊重你敬畏你？"我不用看，也知道他是在眼睛瞧着大哥对我说。

　　"我……我……"寒气直逼上来，我已经全身麻木了。哥哥们那种死神般的感觉，在我的肌肤上慢慢地爬着，舔起一个一个的寒栗。

　　"算了，你爱往外跑，也没什么，"大哥马上接过去说，"我的部下禽滑厉，你知道吧？如今是我的奉剑都尉，"他把"奉剑"两个字吐得特别重，周围的人不由自主地把深深埋着的头又向下压一压，"我就把你托付给他，跟他历练历练。将来，说不定咱们家还能再出第二个有出息的呢！"

　　我的双腿狂抖着。大哥当着众人面这样说，那是不可以更改的了。接下来二哥不知道要怎么整治我呢。

　　二哥大概也没料到大哥会一口就抢了先机，沉默了一下说道："听见了？不能光是贪玩好耍，荒废了正事！家里将来要辅佐王室成就千古不易之霸业，要多出几个真正有知识能耐的！……你前几次拿来的那些东西，有的纯粹玩物丧志！有几样还可以，或者就能进奉给大王。你要仔细搜罗些像样的，须知大王在稀世宝物上面也是很用心的！"

　　我突然反应过来，今天我其实是捡到大便宜了。两个哥哥忙着斗心机，一个不留神把话说岔了，岔来岔去反而变成争着抢我了！

"是、是……弟弟听、听见了……"我恨不能趴到地下去,压低了嗓子说道。两个哥哥站在上方,都抢着"嗯"一声,表明我是在跟他说话。

几百双脚从我身边"哗啦哗啦"地走过,我低着头站在那里,觉得那些脚步声像巴掌打在了脸上。

禽滑厉是个高大的人,事实上整个大周也找不出比他更高大的人来。和他在一起走,我找到了自己几岁时走在两个成年哥哥身边的感觉。那可不是什么好的感觉,所以我骑在马上,让他走路。

他慢慢地走着,我的马走路追不上,跑又太快了,只好一路小跑,颠得我差点没当场吐一马脖子。直到在偃师的小屋坐下的时候,心里还翻江倒海呢。

偃师没有留意我的不适。他的心早已不知飞到了哪儿去了。这一个月来,他的小屋里不再摆放无聊的东西,全被各种各样的丝线、木棍、青铜所占据。我向全国各地派出的快马几乎充斥了每一条驿道,不断地向全国最好的丝匠、青铜匠、木匠发出惊人的订单。我甚至还把召公大人送我的生日礼物——来自西狄的犀牛筋也拿了出来。偃师不停地修改着设计图,京城大道上不停地出现跑死的马和奴隶。我不在意这些,我也不叫偃师在意。

我决心要实施我的计划。

但过程是非常困难的。从来没有听说过谁曾经做出一只兽,一只鸟,甚至一条鱼,更何况是人!我在冷静下来之后才被自己一时冲动的念头吓坏了，可是偃师冷静下来之后，他就开始全力以赴地实施这个计划，仿佛这只是另一个他已经轻车熟路的发明罢了。但我知道没这么简单。偃师不是那种把困难挂在嘴边的人，所以要看这事如何复杂烦难，只需要把偃师挂在秤上称称就知道了。他在一个月内就瘦了至少10斤，但这一个多月的时间他就画出了一个戴着青铜面具的人偶图纸，这个人偶是一个威武的男性，它的皮肤由最好的丝布密密匝匝地织成，中间镶进长长的铜线，又坚固又耐磨。它的肉身是由轻薄的羽毛填充而成，因为它要能跳舞，就不能太重。

可是接下来的肌肉实在是个大问题，偃师不眠不休地考虑了很久。什么东西能够将力量传导到人偶全身的每一处，并且牢固、稳定而精确呢？在我们的这个时代，连人都做不到这一点。但没有肌肉，这个人偶就连一个半尺高的跳舞娃娃都不如。

我忽然有些气馁。这是不是太过分了？我是不是被报复冲昏了头脑，竟然想出如此荒唐的主意？

冬天已经降临，流梳公主再也没有出现过，我至今连一面也没见过她。而我身边的这个人，已经为了见到她而努力了两个月了。流梳公主到底长什么样呢？我坐在门厅里，长一口短一口地叹着气。

突然，我感到脖子上一阵寒意，我本能地想动，但那寒意马上就渗进了肌肤里。我全身僵直，斜眼看过去，奇怪，并没有任何东西在我的脖子上。

我定了定神，缓缓地挪挪身子，终于发现那股寒意竟然是从木墙外面透进来的。我跳下椅子，哗地拉开门，禽滑厉那张巨大的木脸正静静地看着我。

我看着他的手，那只手里拿着一把剑。

是这把剑的寒气，穿出剑鞘，透过连冬天云梦山上的冰雪都透不过的厚厚楠木墙，刺到了我的脖子上。我看着这把剑，感觉就像有小刀在刮全身的骨头似的。

"征……征岚剑？"

禽滑厉咧开那张巨大的嘴，笑了笑。

"好厉害……好厉害……"我强压住心头剧烈的惊惧，细细地看那剑，虽然它被包在蛇皮软鞘之中，但还是隐隐能看见光华流动。好可怕的剑气，不愧为大周王室八宝之一。

"拔出来，我看一看。"

禽滑厉报以一个平淡又不为所动的微笑。

我伸手去拿，他轻轻地后退，那硕大的身躯不知怎么一转，我就扑了个空。大冷的天，我的额头一下子冒出汗来。我这才想起，禽滑厉是国内除了我大哥之外第二的高手，传说他力大无比，能够一手掀翻三辆战车，也有传说他在袭破徐城当夜，手刃三十多人，勇冠三军。

传说都是假的，知道真相的人就那么几个。这个人是国内第二的高手，但绝不是依靠蛮力。他的剑术得自我大哥师父的真传，按照大哥私下的说法，应该还在他之上。只可惜他出身低贱，无论怎样受我大哥重用，始终也无法爬上高位。

另一个传说当然也是假的：那天晚上他并没有杀三

十人。

他一个人从北城杀到南城，人们拼凑起来的尸骸一共超过三百具。

要想让禽滑厉拔出征岚宝剑，只能用命去换才行，这种听起来可笑的话，并没能让我在这初寒料峭的寒风中笑出来。我咳嗽两声，打算换一个办法。

就在这个时候，身后的屋里传来了"轰"的一响，紧接着风声大作。我没来得及转身，禽滑厉"哇"地一叫，径直掠过我的身旁，跟着就是"托、托托"几声。

接下来发生的事情令人难以置信，我还以为是被征岚剑的剑气伤了眼睛出现了幻觉——用一根竹篙和天下第二高手打斗的，竟然是一个半人高的竹箱子！

那箱子做得奇怪，中间方方正正，下面四条木腿跳来跳去，带动箱子以一种怪异的灵活闪避着，而箱子上方则是两支用棉布紧紧裹住的粗壮的手臂，举着一根竹篙，你来我往，一招一式直往禽滑厉身上招呼！

我使劲捏自己的大腿，到了要拧出血的程度也还是没感觉到一点疼痛。

不过，禽滑厉毕竟是禽滑厉，面对着鬼魅般飘忽的对手，我敢说他甚至还没有认真打，而只是轻松地挥舞着没出鞘的剑，逗着玩似的把那小箱子拨来拨去。我看准时机，慢慢地靠近他的身后。

禽滑厉对我走到他的身后完全不在意。这个浑身长着眼睛似的人知道我对他手里的剑不怀好意，却根本不把我放在眼里。好在我对这种轻蔑早已习惯，甚至甘之如饴。

就在这当口，那箱子呼地往左一跳，竹篙横扫。我知道，它肯定马上就要往回跳，因为这套伎俩已经用过三遍了，禽滑厉已经不耐烦这种小儿科般的玩意儿，所以他这一次并未跟进，而是简单一剑直劈前方。那傻乎乎的箱子果然又往回跳，就像是自己跳到禽滑厉的剑下一般，哗的一声，一劈两半。

真正的有心人，他们关注别人，而不是事情，因为关注人才可以找到人的破绽。那一刻我死死地盯住禽滑厉，把那个箱子抛到脑后。

"禽滑厉——"我高声喊道，用尽全身力气将高举起的剑重重地劈向他的后背。

却没注意，从箱子里跳出来的只是一只兔子。

一只兔子！

还有什么比在战场上看到你的对手是一只兔子更滑稽的？一个绝顶的高手可以泰山崩于前而面不改色，但我不相信有人看到兔子跳出来会不笑出声来。

禽滑厉没有笑，因为这种震撼远远超过泰山崩于前。我等待的，就是这个时刻。

当我的剑几乎快要挨到那个宽阔厚重的背时，一道白光打消了我的念头，却也实现了我的愿望。

征岚宝剑拔出来了。这是我过了好一会儿才看清楚的事情。那把剑拔出鞘很短的一刹那，我身上穿的青铜甲和剑就碎得七零八落，飞得满地都是。

我站在那儿，剑气的余韵让我足有一刻钟喘不过气来。禽滑厉发疯般地用他的巨掌在我身上乱摸，看看有什么划伤。其实没有。我很幸运面对的是第二高手禽滑厉，这一剑贴着我肌肤过去没有伤我分毫，但那寒气已穿透了我全身。很多年过去，物是人非，只有我的寒疾逐年加重。征岚宝剑这一划，划过了我一生的岁月。

　　"这就是肌肉？"

　　"这就是肌肉。"

　　我裹在厚厚的貂毛大衣里，一面喝着滚烫的姜汤，一面惊讶地看着那只活蹦乱跳的兔子。偃师把它抱在怀里，爱惜地摸着它的软毛。

　　"你用兔子来做肌肉？"

　　"兔子是动力。"偃师解释说，"这还只是初步的设想。我用你送我的犀牛筋做抽动的肌腱，再做了和大水车相似的齿轮滚盘，也用犀牛筋绷紧。绷紧的犀牛筋会舒张，放出动力。"

　　他给我看箱子里已被砍坏了的滚轮，那个滚轮像个圆圆的笼子，有几根犀牛筋穿过它，又连接在别的齿轮盘上。他拍拍小兔子："这个家伙就是动力和大脑。它不停地跑动，可以不断地上紧并释放牛筋，不停地补充肌肉的张力，而它的运动又可以通过这些丝线，传递到肌肉的齿轮上并最终控制人偶的动作。"

　　就这样，一只藏在箱子里的兔子，就在初雪刚来的那个早上，向大周第二的武士挑战了。

　　我吐出姜汤，开始"哈哈哈"地大笑起来。偃师丢开兔子，任那小家伙在屋里乱窜乱蹦，也捂着肚子大笑。禽滑厉站在屋外纷纷扬扬的初雪中，一开始没头没脑地看着我们，终于也开始开怀大笑起来。

这是我一生中最开心的大笑，我从来不知道竟会有如此彻底的开心愉悦。如果我知道我这一生中再也不会如此开怀，我会不会珍惜地把那段感情节省下来，留着在以后的沉闷中消遣呢？我不知道。我只知道，我和最好的朋友、最忠实的部下，开心地大笑着……其实，这也够了。

我不喜欢开心太久。

接下来的两个月，道路上依旧充斥着南下北上的采购大军。最好的齿轮，最好的布匹，甚至直接装载着最好工匠的马车不断地汇聚到都城旁的这个小小山麓。偃师进展迅速。每一次去看，青铜人都往上长一截，它的大腿、小腿、手臂放得满地都是，不停地被装上拆下。而每一次拆下再装上，就离成功又进展了一大截。偃师的想法，是要这个舞者跳出最华丽最激越的舞蹈，我也是这么想的。可青铜人的身体内只放得下小的东西，如兔子、老鼠一类的东西。

为了训练一只会跳舞的动物，不知费了我多少心力，最后终于放弃了。老鼠是不能跳舞的，就像有的人永远也当不了将军一样。

那一天是这么多年来最大的一场雪。我和禽滑厉在小屋外的竹林里，我得不停地跳来跳去才能保持温度，禽滑厉一动不动地坐着，几乎被雪掩埋。于是我想出个主意，让禽滑厉来劈柴玩。当然，经过那次事后，禽滑厉再也不敢在陪同我出来的时候带征岚剑了，不过他对我任性的态度也多少有所了解，所以通常情况下不敢违背我的意愿，哪怕只是开个玩笑。

我们从小屋旁搬了许多粗大的木桩，摆在雪地里。禽滑厉袒着右肩，在漫天的飞雪中犹如一尊巨神，高举着斧头"啪"地劈下，被劈成两半的木头飞出去足有五六丈远。

我拿了根长长的竹篙站在禽滑厉身后，高喊一声："禽滑厉！"然后砍下去。禽滑厉大喝一声，如一座山般转过身来，卷起遮天蔽日的雪尘，然后"唰"的一声把我的竹篙也砍成两半。

我倒在雪地上，一边胡乱地扒拉着脸上的雪，一边和禽滑厉笑得直抖。我们乐此不疲地重复着诸如此类的游戏。

小屋的门一下子被推开，一道黄色的轻烟"嗖"地蹿进了竹林，偃师大呼大叫地追出来。

那是一只名叫"桐音"的黄鹂鸟，是我去年送给偃师的礼物，不知道为什么会跑掉。

我丢下禽滑厉，连滚带爬地追出去。一时之间，我和奴隶们在山谷中乱蹿乱找。

那鸟的声音清越出谷，就在一处山崖下面"啾啾"地叫着。我和偃师凝神屏气，轻手轻脚地走近，瞅准了机会，不约而同地扑了上去，小东西"啾"地叫了一声就被捏在了手心里。

压在竹顶的大雪重重地落下，把我们俩打得动弹不得。

"这就是心脏。"

"这就是心脏?"

我把小黄鹂捧在手心里,转来转去地看,忽然说:"要找个好的驯鸟人很容易,桐音已经太大了呀!"

"你的脑筋转得很快。"偃师说,"不错,我就是想要训练这么一只黄鹂,让它学会听音起舞,这样机关人也就能跳舞了。一只黄鹂跳出的舞蹈,一定是最好最优美的。"

我张大了嘴,先是傻傻的,然后是会心地笑起来。现在想想那个时候我真的很爱笑。

当天下午,冒着张不开眼的大风雪,数十骑快马出发前往全国各地。

偃师是一个喜欢过程的人,我只在乎结果。而所有的事情都会有个结果。

所以,在那将近半年的时间里,偃师得到了极大的满足,而我则被漫长难耐的等待折磨得够呛。还好,在这不长的时间里我总算有了几个为数不多的朋友,哪怕是暂时的也好,陪伴我度过了漫漫长冬。

春天来临了。

位于山阳面的春日泽最先被春天踏中,山这边的云梦泽雪还未化尽,那边黑沉沉的沼泽就几乎是一夜之间被青幽幽的春草覆盖了。春天来到,再见流梳公主的日子,不远了。

说起来,我还从未见过流梳公主,那个不知不觉间成了我的未婚妻,又不知不觉间成了我报复工具的女人。偃师似乎跟我提起过她，不过……我没有印象了。

二月中，黄鹂"桐音"已经会和着黄钟大吕跳舞唱歌，又过了四十一天，那个由十一只小松鼠推动，由一只黄鹂指挥的青铜人"仲昆"也会跟着那悠扬浑厚的颂歌，在竹海中翩翩起舞了。

旷世的作品，就在冬季完全过去之后完成了。

五月初五，小草已不再是青嫩嫩的，而是绿油油的，长得满山遍野。从云梦泽翻过山脊到春日泽，到处都是一片夏季的景象。流梳公主的音信也再一次越过那条山脊传了过来。屈指一算已有半年多没有见到公主，偃师虽然还是神情淡然，可我知道，他的心里一定是火热的。我曾经为我所做的感到愧疚，可是想想结果，又觉得这样做最好。偃师是我最好的朋友，我能成全一个是一个吧。

那一天，是北方的使者前来朝见王的日子。天上的流云仿佛也是从北方匆匆赶来的，高高的，白白的，带着夏季罕有的凉气。

我们等在春日泽上一次见到公主的地方。可是，一直到太阳落山，公主的鸾驾才缓缓地出现在视野里。

我已经下定决心不再见公主。所以我只是带着大小奴隶们跪在地上，口中称臣之后就伏下身子。偃师带着仲昆站在水边。那机关人穿着华丽的衣服，如同一尊雕塑般一动不动地站着。暮色下，水倒映着它的身躯，让我好多次都几乎要把它当成是一个真人。

他们很久没见，这一次相见非同小可，所以谈了很长的时间。我坐在奴隶们搭起的帐篷里，吃着滚牛肉，心里还很得意。哼，自己的未婚妻和别人相谈甚欢，我竟然还得意，真佩服自己。

不知道是什么时候，为了不打搅到公主，我不准小夷奴们放肆，所以帐篷里安安静静。月亮大概也已经上来了吧。我坐着，外面潺潺的流水声几乎成了一种恼人的噪音。我只有继续喝酒，外面却隐隐地传来一阵悠扬的歌声……我越来越烦闷，提起酒壶，已经空空如也了。

我顺手把酒壶摔在小夷奴脸上。不扔还好，这一扔让我再也控制不住自己的情绪，我跳起来，烦躁地在帐篷里转了两圈——天知道怎么回事，几乎没有经过大脑，我一抬脚，走出了帐篷。

只一眼，我的胸口就如同被重重一击。在广阔的春日泽草原的上方，一轮硕大无朋的圆月，仿佛君临整个天地一般悬垂着。那月亮的光华让我那双被酒醺肿的眼睛几乎无法逼视。我不禁惨叫了一声，低下头来，我清清楚楚地看见了自己猥琐的影子，在月光笼罩的地面上扭曲着，颤抖着。月光！我从来没有见过如此强烈如此摄人心魄的月光！

我的酒马上变成了一身的冷汗。

我喘息了半天，才仓皇地抬起头，只看见在河的对岸，公主的红房子旁，同样是被月光照得白花花的地上，一群身着流彩霓衣的宫娥们，围着三个人……不，是两个人一个傀儡，在舞动着，歌唱着。歌声在微风习习的草原上传出去很远很远……我痴痴地站着，直到那两人中那个云鬓高耸、黑发及肩、穿着白菊花样衣服的少女，从地下站起，亭亭玉立地站在场中。

歌声和着我脑海中的迷茫困惑，转眼间消失得无影无踪。

公主！

流梳公主！

我知道，我张开嘴很难看，在喝得大醉之后甚至可以说是猥琐，但我的嘴还是不由自主地张大了。我肆无忌惮地看着流梳公主。我知道她是绝对不会往这边看上一眼的。

我佝偻着身躯，无意识地往河里走。

我看见公主立在月亮地里，但月光是照不亮她的。是她照亮了四周。从她那漆黑的头发上闪烁出的光芒，让黑沉沉的河里荡起一道又一道的波浪。她那白菊花的衣裙在夜色下散发着寒森森的光彩。从那衣袖下伸出的雪白的小手牢牢吸引了我的每一寸目光。

仲昆就站在她身旁。当公主的歌声响起时，机关人就开始跳舞。他和着极其准确的节拍，在娇小的公主身旁回旋舞动，公主清越的歌声划过草原划过水面，仿佛一支箭击中了我，我身子一歪半躺在冰冷的水中，意识迅速地陷于朦胧和混乱，只感到月亮越来越大，越来越苍白，公主的歌声越来越高，越来越出尘入云，仲昆的身形也越来越飘忽不定……在彻底昏过去之前，我得出了一个结论，下了一个决定。

那个决定就是我要迎娶流梳公主，而那个结论就是，

174

我最好的朋友，已经被我自己推到了我的对立面。

"你来看公主了？"

二哥冷冷的声音从身后传来。我一下就从头僵到了脚。

奴隶们慌乱地跪了下去。我心乱如麻，恨不得自己也跟着跪下。可是我不能。我只能弯腰低头地站着，比趴在地下还难受。

二哥慢慢走到我的身后，我看不见他脸上的表情，所以更加惶恐。

"你居然敢见公主。你好大胆。"

"我我我……我我……"

二哥忽然咯咯咯地像个母鸡一样笑了起来，声音如同刮锅底儿一样刺耳，但我宁可他笑，因为通常他说的话会更刺耳。

果然，他说："可惜呀，你也不过是看戏的。公主没你的份儿，本来就没你的份儿……现在好了，又有新欢了，哈哈哈哈……"

我的心在乱跳，结果反而镇定下来了。一想到虽然我怕二哥，但现在趴在地下的奴隶们哪个又何尝不是怕得发抖？我都想笑出来。我真的笑出来了。

"嘿嘿，二哥，您……"

二哥围着我转，像是在打量自己的猎物，见到我笑，他愣了一下，脸色青了。

"很高兴，是吧？还有更可乐的。"他连连冷笑着说，"索性我就上奏王，让他把流梳公主嫁给那小子得了，嘿嘿，嘿嘿。那是哪一家的长子啊？"

"偃家。"我越笑越欢。

"偃家？是哪一家？没有听说过。"

"只是平民百姓，家境微寒，当然不入您二哥的法眼。"我喜笑颜开地等着看二哥的表情。

只见二哥的表情就像是被蚂蟥叮了一口，他苍白瘦削的脸上肌肉一缩，要多难看有多难看。

"平民！怎么会是平民！地位微寒之人，你竟敢随便带入春日泽王家猎园！你好大的胆子！"

"是！是！"

二哥整个五官都扭曲了，我心花怒放。

"你做事大胆！你过分！你……你小子还把大哥的征岚剑拔出来玩过吧？你不要小命了！你以为我拿你没办法，老大也会放过你？谁动那把剑，谁就是死罪，那是王的赐剑！等到老大死了，剑还是要交回去的，那是御用的宝剑！"

二哥冲我脸上啐了一口，往日温文尔雅的右大臣风范一扫而光。我开始笑不出来了。

"等着瞧！老大说话间就要从西狄回来……这回说是胜了，其实是败仗，正没地儿找气出呢……嘿嘿，嘿嘿！"

我额头上的汗"啪"的一声滴在青楠木地板上，仿佛迅速蒸腾起一股轻烟。

二哥"呼哧呼哧"地喘了几口气，再一次用他的三角眼盯着我。

"你说，你跟我说，你的那些个玩意儿，是不是从那姓偃的小子那里弄来的，嗯？"

"不是！"

"别骗我，我都知道。"二哥根本就不相信我的回答，"我的人看见了。"

"听说……你们在春日泽的河岸，还用一个真人大小的傀儡给公主表演？"

我的头"嗡"的一声什么都听不见了，连我自己说了什么都不知道。

"没有？"二哥哼了一声，"老三……我只给你一次机会。我虽不讨厌人骗我，但我不许你骗我。"他的声音和我的心一道寒下去，寒下去……"你说，你是想落我手里，还是想落在老大的手里，嗯？"

我不知道该怎么回答。我更宁愿自己落在魔鬼的手里。但这种答案说得出口吗？我不怕哥哥生气，我怕我自己承受不了这个答案。

"二哥……二哥……"

二哥欣赏着我惶恐落下眼泪的画面。他起码欣赏了半个时辰，我的声音都快沙哑了，他才冷笑着开了口：

"王过两个月要举行郊祀大典，顺便迎接咱们老大凯旋。各方的诸侯都要贡上最新的金银宝物。不过这都是俗物，我知道。"

他凑近我的脸，恶狠狠地看着我的眼睛："所以我要进贡最好的东西，老大吃了败仗，我贡上一件也许永远也没人能进贡的宝物，这一下老大就要被压下去了……老大被压下去，对你有好处，对吧？你的哥哥里头，除了我，还有谁照顾你？"

"二哥……二哥……"

"你把那个东西给我弄来。"他用不容置疑的口气快速说道。

我的脖子不由自主往下一缩。

"我就要那个东西，那是至宝。在那一天以前，不管你用什么办法，总之，我要得到那个东西。"

我心里死一般寂静，甚至可以说，像河里的石头一样渐渐地坚硬冰冷起来。

二哥又看了我一眼，确信我已经听懂了，这才满意地点了点头，像一只捉弄完耗子的猫，一步一摇走开了。

这之后，我很久都没有去云梦泽和春日泽了。我把自己关在一个只有少数人知道的地方。等我积攒起勇气去那里的时候，六月已经过去，秋天的金黄已经布满大地。

我从来没有以如此沉重的心情和如此坚定的决心跨上过云梦山。这两个月来，我变了很多，变得更瘦了，也更黑了。站在偃师的身边，我觉得自己形容枯槁，不值一看。

而偃师却容光焕发。我从来不知道一个人可以变化这么大。这一次甚至比上次的变化还要明显。两个月来，他们俩见面的次数越来越多，次次都是在月光下，和着仲昆的舞步唱歌流连。我很清楚。

在山下的时候我还不知道该怎么面对他，可是真的面对他了，也不过就这么回事。

我突然变得很坦然。

"听说你们最近经常见面，怎么样，公主还喜欢仲昆吧？"

"嗯，嗯！"偃师含笑着点头，他一点也没问起我当夜的不辞而别和这两个月的经历。没关系，我也根本不打算给他解释。

"可惜呀。"我只是长叹着说。

"可惜？"

"是啊，"我很惊讶地看着他，"你不会不知道她是公主吧？"

"是啊，她是公主。"不知是不是意识到什么，偃师的脸色一下子暗淡下来。很好，我喜欢看。

"她是公主。公主的意思就是天子嫁女，公爵以上主婚。连主婚的都是公爵。"我瞥了他一眼，"你是什么？"

一股红潮直冲上偃师的脑门。我就知道会这样。

"你现在什么都不是，"我拍拍他的手说，"可是我早就劝过你。如果你之前把做出来的东西进奉给王，也许你早已进了宫，做起御用大官来，那就勉强可以说得过去了——可是你，唉。"

于是另外一股红潮涌上了偃师的脑门。没关系，我也喜欢这样。我早就在想着这一天了。

"我不想……"

"你当然不想。我知道你不想。可是现在说这些有用吗？你喜欢公主吧？"

"嗯……可是……"

"可是公主也喜欢你。"我打断他的话说，"公主从来没有喜欢过一个人，她只喜欢你，因为你不同寻常。是，我市侩，你呢，你住在云梦山上。你简直就是一团云，一团雾。公主喜欢这样的。女孩子都喜欢。"我点点头说，"你也能给公主快乐。从来没有人能给公主快乐。你能，因为你聪明，你聪明得超越了时代。女孩子就喜欢这样的。"

一旦开了口，偃师就不可能说得过我。我很痞，这就足够了。白云是不会和泥巴较劲的。而且这一次，我抓住了他的软肋。虽然我的小命还在别人手里攥着，我却也能享受到把别人玩弄于股掌的快乐了。很多年以后我才意识到，向往这种快乐，是我与生俱来的天赋。

"还不晚。"我看着天边的红霞说。红霞的下面就是春日泽。

偃师没有看我，他愣愣地望着落日的方向。

"有一个东西，能够让你一下直升九重天。"我说，"仲昆。"

偃师的脸抽动了一下，但依然看着天边。

"下个月，王就要郊祀，那是一年中最重大的日子，各方的诸侯都会云集都城，参加这次盛会。盛会上会展出各地送来的贡品，无非是什么生绢啦苞茅啦地瓜啦，每年都见的土特产，一点新意都没有。王看烦了，连送的人都送烦了。

"可是今年郊祀不一样。今年会是难忘的一年。因为在郊祀大典上，将会出现一场不同寻常的、从来没有过也永远不会再有的特殊的舞蹈。这场舞由王的幼女流梳公主亲自领唱，而舞者嘛……"

我偷眼看看偃师。他极力忍耐着，可嘴角还是在痉挛般地抽搐着。

"是一个从来没有过的人造人。一个机关一个傀儡，一个能动、能跳、能舞蹈，却又全是木棍皮革做成的舞者——仲昆。"

我放松了语气，轻描淡写地说："这是从来没有过的事情。甚至可能超过以往任何事带给王的震撼。是的。王会被震撼得说不出话来，诸侯会目瞪口呆，百官会吓得屁滚尿流。

"只有你，阿偃。普天之下只有你做得到。以大周今日的国力，王如果听到西狄三十六国同时大举入侵的消息，也不过一笑置之。只有你和你的仲昆能让王感到新奇、惊讶，感到世界之奇妙。你不知道，生活在明堂宫里的人们已经很久没有这样的消遣了。"

我故意把享受说成是消遣，是想气一气偃师。果然，他的脸马上就白了。

"所以这是数十年来无可比拟的盛事。王一定会大喜，一定会。他一定会召见你，一定会。如果你要求娶流梳公主……"

偃师的眼里放出光来。

"一定会。"

三个字，我用尽了我这辈子全部的感情和激动。

郊祀那天，领我上台的宫女慌慌张张的没一点皇家气派，我不由自主地跟着慌乱起来。这可是我生平第一次坐在离王那么近的位置。我紧紧抓着袍角，生怕一脚踩到；头压得很低，以至于差点撞上站在台边主持大典的召公。

他看了我一眼，我的心迅速安定下来。

然后我就看见了大哥。几个月不见，大哥更黑了，更瘦了。国人都以为他打了大胜仗，只有少数人知道其实是败得狼狈不堪。所以人人都可以望着他笑，望着他流露出崇拜的眼神，甚至跟他套近乎，说恭贺大捷威加海内之类的套话，我不能。我知道要是看大哥的眼神稍有不对，他可能就会把我眼珠子抠出来。我尽量弯下腰，让大哥以为我是在行礼所以没有看他。故意不看他，也是要掉脑袋的。

我一刻也不敢多站，赶紧坐到台边自己的位置上去。从那个角落里恰好可以看得见屏风后面的些许动静。屏风的缝隙中露出一把木剑的剑柄。

那是仲昆的佩剑。为了给大王表演，仲昆已经习武多日了。

"为什么要仲昆练剑？"当初偃师不解地问过我。

"你以为大王是什么，是小女生吗？大王威扬四海已经四十余年！前有化人带他游历天堂，后有西王母带他游历昆仑宫，什么稀罕舞蹈没有见过？你在他的郊祀大典表演莺歌燕舞，大王看了笑都难得一笑！

"所以咱们得表演大王最喜欢看的东西。最近，我大哥又在西狄大胜，因此这次郊祀其实是借个名义，慰劳我大哥，迎接三军凯旋的，这种时候要突出气氛。"我望着偃师的眼睛，严厉地说，"要让仲昆习武，要它练剑。要它在郊祀的大典上，一个人表演精彩的剑舞，才算得上是正合时宜，才能代表大王向四方来的诸侯宣扬国威。"

"你想想看，这是多么大的光荣和面子！从来都是大王的仪仗队来完成的，我求我二哥，又求了周公，这才安排下来。你以为谁都可以上台表演的吗？"

偃师沉默了。这对他是个陌生的世界。他在云梦山上可以呼风唤雨，可是在这人间，如果我的奴隶不跑死几十个，他连一个配件都不能及时拿到手。他不是这个时代的人，我再一次想。

"可是，我不会。"

"你不会？"

"我不会舞剑，我的鸟也不会。"

"咱们再找找看有没有好的驯鸟师。"

"不是驯鸟师的问题。"偃师说，"鸟和松鼠是动物，它们是无论如何都不会玩人类游戏的，更不可能学会舞剑的。"

"那怎么办？"我不耐烦地问。

"除非……"

"除非？除非什么？"

偃师的脸变得通红。他犹豫了半天，在我一再催促下，才说："除非用人。"

"用人！"

"用人的心……用人心做机关人的心……人心里的一

切技能、力量和智慧……都能在机关人的身体里发挥出来……如果要舞剑……"偃师被自己的话吓到了。他开始语无伦次，脸色白了又红红了又白。

可是我的心却越来越平和舒坦。

"我们当然有人的心。"我说道，"大哥打仗，带回来很多的俘虏。这些俘虏下个月就会被通通处决在郊祀的大典上，不过我可以提前从里面挑出一两个来……"

我拍拍他的肩膀，像往常那样安慰他："这不是什么大事。反正那些俘虏都要死，让他们的心脏能够与不老不死的机关人一道活下去，对他们来说何尝不是乐事？放心……放心……"

"大周天子代天巡幸文武德配威加四海怀柔八方，"旁边传来了召公中气十足的颂咏，把我从深深的回忆中拉回来，"狄、夷、羌无不宾服，自文武以下，旷古未有！"

我跟随全体在场人的节奏，心悦诚服地舞拜于地。由厚重帷幕重重包裹的天子台上轻轻响了一声，我知道，刚刚提到的那位曾以巡天闻名天下，而势必闻名身后万世的天子已经驾临了。我知道，他不会露出脸来，自从化人不顾他苦苦劝阻，白日飞升之后，他再也没有在天下万民之前显露过身影。我很怀疑他是已经放弃了一切，宁可孤单地躲在一边打发时日，也不愿放弃回忆与化人在一起逍遥的日子。这些老人们……

然后我看见，在我对面的屏风后面，几个纤细的身影隐隐晃动。我的心一紧：流梳公主到了。我不由得转过去往自己的身后看去。我虽看不见阿偃，可是我能想见他的激动。阿偃……我心里忽地一动，可是已经来不及了。

大典已经开始。

两排武士雄赳赳地从台上退下去，所有的人都松了一口气。这些武士，并不是大哥从西狄带回来的，而是二哥的手下。他们在台上表演着大哥大胜的场面，很是威风，台下的诸侯、官吏掌声雷动，欢声如潮，台上的众卿个个面如土色。除了我以外，没有一个人敢去看一眼大哥的脸色。

我看了。自我降生以来，还从来没有如此认真地、一眼不眨地看过我的大哥。如果在那个时候，暴怒的大哥能注意到远远的角落里有这样一双眼睛在幽幽地看着他，他也会禁不住打冷战的吧！还好他没有。他依旧坐得笔挺，看上去和往日一样。

但我看见一滴汗，慢慢地，慢慢地，从大哥的额角滑落。那一瞬间我几乎要幸福得晕过去了。

召公舞动着宽大的袖子，在台上卖力地来回穿梭。现在他又走到了周王面前，深深地伏下身子，用长时间的沉默低伏表达敬意。大家也只有跟着伏倒。过了好一阵儿，才听见他朗声说道："左执政周公，右执政姜无寿，请为大王祝寿。"他趴在地下回头看了我一眼，我的心"怦怦怦"地跳动起来，跳得如此厉害，仿佛它过去从来没有跳过一样。

"左右执政为贺大王高寿，及大将军大胜助威，特请为大王奉上稀世之宝——前所未见、旷世仅有的舞偶，为大王舞一曲得胜兵舞。并请……"他转过头来，笑眯眯地望向我的对面，"少公主赐歌一曲，为大王助兴。"

台下的诸侯百官顿时响起一阵交头接耳的声音，可是，当仲昆迈着矫健的步子从屏风背后走出来的时候，议论声很快消失了。

在上千双眼睛的注视之下，我的二哥，长袖翩翩地趋身而上，熟练地拉开了仲昆胸腹的衣服，接着打开了它腹腔的木板。

人群中"轰"的一声，惊讶的赞叹声如波浪般横扫了整个郊祀大典。一个木头人！一个会动的木头人！人们争相拥挤着，想看一看这件不应该出现在世界上的东西，台下护卫的军士们甚至失神到忘记了维持秩序。

得意写在二哥、周公的脸上，也悄悄地写在我和召公的脸上。这个世界上有太多得意的人。从前是我的大哥，如今他被自己架在炉火上烤，现在是我的二哥……我也得意，我怎么能不得意，二哥说过，他会照顾我，会比大哥更好地关心我。二哥的荣辱，关系到我的荣辱，我的得意悄悄地跟随着他的嚣张，如同猎豹追踪猎物一样。

帷幕里说了什么话，二哥和周公并排趴在地下，连连叩首。事就这样成了。

屏风后面，响起早已准备好的洪钟大吕之声，那是我再熟悉不过的曲调。我低着头，心跟着音乐跳动着，等待着音乐过门结束。

喧闹声忽然沉了下去，因为一个不太大的声音唱了起来。那是流梳公主。

歌声像轻轻吹向草原的春风，以让人几乎察觉不到的速度和力量，无形无质地向四方散去。其他的声响刹那间被涤荡得干干净净，仿佛天地间只剩下这一个声音。

仲昆在歌声响起的同时，举起了手中的木剑。他划出一个优雅的姿势，腾身而起，剑锋直指苍穹，又俯身而下，在场中缓缓地划了个圆圈。这个圈子划得并不急，可是那支木剑飘飘的，竟然渐渐发出了低沉的嗡鸣声。

如我所预料的那样，大哥的脸色变了。

在秋季高高的天空下，伴随着流梳公主黄莺出谷般的歌声，仲昆舞出几近完美的舞步。它轻松地舒展着自己的身躯，手臂轻扬，脚步轻点，在台上转出一个、两个、十个……无数个圆润的圈子。它整个人都被自己转出的圈子包围起来。那种协调的、绵绵不绝的圈子在扩张、在放大，仿佛太阳落到了场中，渐渐令人无法逼视，人们忍不住转过脸去，只听见木剑的破空之声，而且那声音越来越大。

在那个下午表演的，绝对是整个历史上最完美灿烂的表演。

我喜欢完美的计划。

和我事先与偃师商量的一样，仲昆舞着剑，伴着节拍，渐渐地靠向平台的右前方，也就是大哥将要坐的位置。它的身体和剑在向这个国家最孔武有力的人靠近。那圈子卷起的风和剑气也渐渐地逼迫上去。坐在大哥身旁的五宰有点坐不住了。

　　但我的大哥，仍然像块石头一样杵在那里。我甚至轻轻地笑了一下，因为我早料到会这样。传说大哥在征战的时候，会一直坐在中军车上，不管是打胜还是战败，中军的车都只能向前不能向后。

　　传说当然是假的。我大哥有时候也站起来割车两旁来不及逃窜的敌军的脑袋。

　　但这一次，他被打败了。一尊"神"被打败后，你会发现他全身都是窟窿。

　　我斜眼看看召公。他正襟危坐在周王之前，笑吟吟地注视着场中的表演。今日他的职责是主持大典活跃气氛，所以这个时候他就可以很自然地大声说话。

　　"大亦哉！畏山川之高峻！"他举一下扇子，又用力放下，提醒人们注意，"古来有如征夷大将军之威仪乎？战必胜，攻必克。此次北狄一战，略城掳民，开拓疆土三千里，前无古人，后无来者！"

　　这是事先安排好的。在大典上一定要公开称赞大哥的胜绩，让臣下诸侯知晓，无论如何要保住朝廷的脸面。大哥自己也知道。所以他不会认为这是在嘲讽他。但召公话说得不是时候。此刻全场的重心都在仲昆的表演上，除了台上的人，谁也不会听到召公在说什么。我真是佩服召公到五体投地，因为仲昆在这一瞬间会做的动作，我只跟他说过一次。

　　我也佩服我自己，因为事实将证明我对自己亲爱的二哥的了解程度。

　　二哥轻轻地笑了一声。

这一声，对另一边坐着的石头来说，如同雷鸣一般。大哥的手不经意地摸向自己的佩剑。一团黑影恰在此刻划过他绷得紧紧的眼角，大哥全身一震，"咔"的一声，宝剑半出，右脚踏起，半跪在自己的座位上。

全场"噢"的一声。

关于那一刻的记录，《周本纪》上说："王观木戏于台。木戏作武舞，偶过将军座。将军拔剑半。"

人人都看见，那个机关人舞着剑跳过征夷大将军的座位，将军拔剑在手。

周礼，没有人可以在王前拔剑。

大哥的脸色在日光下刹那间变得惨白。

"为贺王千寿，征夷大将军请为陛下与伶偶同舞。"召公拖长了嗓子，声音如利箭一样射进在场每个人的心里。

二哥的脸上同时变色。

我说过了，那一天的天气，天高云淡，日光强烈，照得人几乎睁不开眼睛。在经过了战乱的春夏，大周的天空终于明朗起来。

大哥高大的身躯在那样的天穹里显得渺小无助。他在站起之前，连看了帷幕三次。帷幕中一点动静都没有。

没有动静就是动静。沉默已经说明了一切。

大哥在席上站了良久，终于"唰"的一声抽出长剑，将剑鞘丢开，垂手走到场中。

什么也不能再说了。

流梳公主的歌声已经停止，现在指挥仲昆跳舞的，是乐师府的师旷。他是个瞎子，只知道弹琴。他的琴声一出，如同珠玉落盘，铮铮之声大作。

仲昆就在那音乐的指挥下，挥动着木剑扑了上去。他现在的动作和刚才协调圆润的招式判若两人，像一团疯狂舞动的黑影，一出手就是疾风骤雨般的连砍连杀狂抽乱刺，大哥的身形如一条青龙，在这团黑影中穿梭来去，他的长剑很少出手，反而被木剑压得连剑光都看不到……两个人的身形在小小的场地中央打起转来，越转越快，渐渐地已分不出彼此，只见黑光青光黑光青光交相闪烁……周围的人屏住了呼吸，有的人移开了视线，有的人吐了出来……

"当——叮——"

两声巨响，师旷的瞎眼一翻，手指放缓，场中的两个身形陡地一顿，静止下来。

大哥，我的大哥，已经是气喘吁吁，而仲昆，仍然如铁塔一般背对大哥站立着。

大哥连连地喘息着，喘息着，呼吸声越来越慢越来越轻，可我却看见他脸上那可怕的表情了。那张狰狞的脸上，恐惧将肌肉拉得变形、抽搐，但更为突出的表情，却是惊讶！惊讶！惊讶！

没有人知道他脸上表情的含义，除了我之外。但我此刻连自己的感觉都无法分辨。

我屏住了呼吸，屏住了除此之外的全部意识，我所能看清的一切只有大哥的脸……

他张大了嘴，喉头中咕噜响着，指着仲昆背影的手也在剧烈地颤抖着。

琴弦"铮铮"地响了两声，仲昆往前一跨，大哥就在这个时候失声叫了出来："禽滑厉！"

声音戛然而止。

和声音一起停止的，还有我大哥的生命。

机关人纵上半空，转过身形，干净利落地将我的大哥刺穿。

木剑是不能伤害我铁塔般强壮的大哥的。只见那把剑已经裂成了四截，仲昆手中的剑在日光下发着寒森森的光。

在周围传来的狂乱的尖叫声中，我如释重负地闭上了眼睛。

耳旁传来咕咚一声，我连看也不用看，就知道倒下去的是谁。只听召公厉声下令："右执政与周公，指使人偶王前佩剑，刺杀征夷大将军，无礼甚！可速退！"

早已准备好的武士们一拥而上，将我那已经瘫软的二哥和周公连拖带拽架了起来。

经过我身旁的时候，我看见二哥嘴角的白沫和他脸上那难以置信的表情。我木着脸，任由他被人横着拖下台阶。

"右执政与周公，日与奸宄小人、鬼魅邪术之人鬼混，而至于心神动摇，悖乱至此，"召公收起了刚才愉悦的表情，变得凛然不可侵犯，庄重地坐在王前，侃侃而谈，"国家自化人大人东归以来，世风日下，朝廷日非，此皆……"

他的脸、声音，已经模糊不可分辨。我的意识过分投入，以至于在日光的毒晒下已经昏昏然了。我只听见召公府的武士们往来奔走，维护本已大乱的秩序，一杆杆长枪逼得诸侯和文武百官个个低头，两股战战。

"……臣请大王即刻屏退妖邪，凡与周礼、正道、六艺不合之术、道、门，尽皆罢黜毁弃……今日木偶之制作，虽巧夺天工，然究其根本，甚不可取！且有杀将之罪，王法之下，绝无轻饶！"

我大脑中"轰"的一声，仿佛炸开来。我不记得我叫了一句什么，但随后召公射向我的那两只冰冷的眸子成了我终生摆脱不掉的噩梦。身旁的屏风被人粗暴地推倒，我看见了偃师。奇怪的是，当我看见他被人推倒的时候，脸上却还挂着他那永远不变的冷静的笑容。

"阿偃！"我口齿不清地喊了一声。偃师被人狠狠按着，却始终望着我，他张嘴，说了句什么……我已经什么都听不见了，召公转头喊了一个人的名字。

那个名字，就是砍杀偃师的人的名字。

白光一闪，划出优美的曲线，和很多年前在云梦泽中甩起的鱼竿划过的曲线一样，在阳光底下留下长长的影子。

抓住我的手松开了。可我已经无力再扑上去。偃师的血溅到我的面前，就像很多年前，他从芦苇丛中探出头来一样……这个小子，他在这里只认识我。只有我能抱着他，只有我能闭上他的双眼……

对面屏风里，另一道影子倒了下去。那是流梳公主。

于是，在那个天气很好的日子里，我失去了一生中最珍贵的三件宝物。那三件宝物，曾经在一个月光皎洁的晚上，在草原的河边，完成了我终生难忘的舞蹈。

不过当时我已经不知道了。我紧紧地抱住偃师的头，蜷缩在台上。那头颅迅速地冰冷下去，我的四肢、内脏都跟着麻木、冻结，别人往来奔走，我却失去了意识，成为太阳底下一块永远化不开的冰块。

"哗啦"一声，一堆雪从高高的竹尖滑落，跌落在我的面前。我从长久的回忆中惊醒，这才发现，原来我已经信步走到了小屋跟前。

小屋。

小屋已经很陈旧了。没有人住的屋子都毁坏得很快，可是奇怪，没有灵魂住的肉体却能长久保存。当然我也已经很老了。摧毁我身体的是长年的奔波操劳，以及征岚剑那若有似无的寒气。从成为右副执政、执政到成为征夷大将军，我空白的岁月已过去了数十年。年月更迭，春去了会来，冬来了会走，小草会重新爬出地面，春日山和云梦泽会干涸、潮湿，只有我，一年年地变老变干。

在我身体里唯一不变的，是阿偃和流梳。他们的形象不会老去，因为我不知道他们老了是什么样子。我很想和他们一道老去，可他们却残酷地保留着青春。

这屋子从那以后我就没有来过。我默默地、静静地站在雪地里。大夫们说我不能在冷地久站。大夫们懂什么。他们在乎的是我的身体，我在乎的是我能不能平静地死去。我永远也忘不了阿偃临死前对我喊的那句话，可是我没有听到。我在梦里在朝廷里在战场上不止一次地回想起他的表情、他的嘴唇，可是我没有他那么聪明。

我没有你那么聪明啊，阿偃。

旁边一丛竹林中，什么东西动了一下，我疲倦地转过身去。那是一团黑乎乎的影子，似乎比熊还要高出一截。我浑身上下一激灵，吓出了一身冷汗，可马上我又觉得轻松下来。

"阿偃……阿偃……是你么？"我佝偻着腰，慢慢地向那东西靠过去。

那东西又动了动。竹林哗哗地响，雪大团大团地坠落下来，顿时整个空地都笼罩在弥漫的雪尘之中。

我又吓出一身冷汗来。

"禽滑厉！是你！是你！"我大声喊道，"是不是你！你好！你好！你是来取回你的心的吧！好好好……！"

"咯啦啦"一连串声响，那个东西直起腰来，我后退一步，看见他转过身来。

我看见的是一张青铜的面具。

我像被人捅了一刀，顿时全身动弹不得。

仲昆！

仲昆！仲昆！仲昆！

仲昆不是已经在祭祀的当晚，由召公亲自监督烧毁了么？难道连机关人也有鬼魂？

看着他一步步地走近，我的汗如同滚汤般迅速湿透了数层衣服。

"阿偃！阿偃你在哪儿？"我仓皇地大叫起来，"仲昆……阿偃！阿偃！"

仲昆在我面前停了下来，它歪着头，死气沉沉的青铜眼睛注视了我很久很久。忽然，从他的身躯里传出一阵细碎的声音，接着，仲昆的头歪了歪，以我熟悉的动作拍打双手，发出"啾"的一声。

"啾啾、啾啾"，青铜人在我的面前欣喜地叫着，拍打着，我不知道哪里来的力气，忽然一把抱住了它。

"仲昆！桐音！桐音！"

青铜人吓了一跳，挣开我老弱的双臂，接连向后退了几步。它"啾啾"叫着，歪来歪去看了我许久，终于转过身去，一跳一跳地向竹林深处走去。天迅速暗了下来，青铜人的身躯又转了几转，消失不见了。

阿偃的话，我终于明白了。他最后那一声就是在告诉我这个秘密。他最终也没有把他与流梳公主心爱的仲昆变成一个武者，而是把它留了下来。他交给我的，是用真正武士心脏做成的真正的战士。阿偃是超越这个时代和这个国家的智者，他没有败在我的手下。他从一开始就知道了我的计划，可是他还是照我的话做了。他只是成全我这个朋友的心愿而已，就像最初他为我钓起第一条鱼。

今年冬天的最后一场雪，寂寂无声地泼撒下来。我躺在小屋外的雪地上，感觉到从未有过的舒适和满足。我很想就此舒服地睡去。我看来快要睡着了。我很欣喜地期待着梦境把我吞没，就像云把云梦山吞没一样。

机器人的狂想与现实

丙等星

《春日泽·云梦山·仲昆》是一篇非常具有中国特色的科幻小说，是一次将传统仙侠融入科学幻想的奇妙尝试。它的故事取材自古典名著《列子·汤问》中记载的神奇工匠——偃师，他生活在公元前1000年左右的周穆王时代，但是却掌握了极为高超的技术，制造出了巧夺天工的机器人。根据原文记载，偃师所制作的机器人，甚至让周穆王以为是真人，体内的肝胆、心肺、脾肾、肠胃，外部的筋骨、四肢关节、皮毛、齿发，全都活灵活现，"无不毕具者"。

而在小说作者拉拉的笔下，这个故事被进一步戏剧化。主人公"我"利用偃师的技术，制造出了身怀绝技的人偶武士。"我"巧设计谋，在宴席中利用人偶假装舞剑，一举除去两位欺辱自己的兄长。主人公的阴谋虽然得逞，但也导致好友偃师遭到株连，永远失去了这位最忠实的朋友。

这部小说情感丰富而细腻，阴谋诡计环环相扣，具有非常强的故事性。而文中所设计的人形机器人，也有非常强的写实性："这个人偶是一个威武的男性身躯，它的皮肤由最好的丝布密密匝匝地织成，中间镶进长长的铜线，又坚固又耐磨。它的肉身是由轻薄的羽毛填充而成……用犀牛筋做的肌腱，再做了和大水车相似的齿轮滚盘，也用犀牛筋绷紧。绷紧的犀牛筋会舒张，放出动力。"

　　尤其是在动力的设置上，作者别具匠心，最初使用的是一只兔子，"它不停地跑动，可以不断地上紧释放开来的牛筋，不停地补充肌肉的张力，而它的运动又可以通过这些丝线，传递到肌肉的齿轮上。"在初次实验成功之后，偃师安装上了绝世高手禽滑厉的心脏，让机器人拥有了近乎天下无敌的武功，并成功刺杀了武功高强的大将军。

　　小说故事非常吸引人，让我们不妨也借助这个机会，一起来看一看现实世界中的机器人。

　　首先不得不指出，机器人是一种非常复杂的机械产品，它的组成部分包括动力模块、执行机构、传感部分、运动机构等很多方面。要让它像人类一样活灵活现，实在难于上青天。现实中的机器人，无论是《列子·汤问》原著中的设定，还是《春日泽·云梦山·仲昆》中的描写，实际上都无法达到故事所描写的那种以假乱真的能力。即便换上绝世高手的心脏，也不可能让机器人变成绝世高手，因为"心脏"只能够提供动力，而动力系统和控制系统是两个互不相干的模块。举个简单的例子，如果将航天火箭的引擎安装到拖拉机上，拖拉机既不会进化成火箭，也无法成为超级跑车，反而可能因为支撑不住这强大的动力而解体散架。机器人更是如此，机器人的控制涉及非常复杂的计算和结构，并不仅仅是增强动力就可以实现的。

至本文截稿之前（2019年9月），世界上最先进的人形机器人当属波士顿动力公司开发的Atlas系列机器人，它不仅能够像人类一样行走与奔跑，也能够实现倒立、360度翻转、旋转等多种体操动作。

小读者们看到这里，是不是会觉得，这听起来平平无奇，根本没有小说里描绘的那么惊世骇俗——有这样的想法是正常的，只能说，现实与幻想之间确实有着不小的落差。

我们知道，三个支点才能构成一个稳固的平衡，所以利用两条腿便能自如行动的人类，其实拥有着非常高超的平衡性能。人体全身共有206块骨头，大约650条肌肉，这一切构成了"人体"这个复杂的系统，让我们在举重若轻之间，完成了双足行走这一件非常困难的事情。其实，不光是双足行走的人类，包括自然界的绝大多数生物，如果从机械和力学的角度来看，都是非常精妙的系统，很难用人工方法来复制。

在人形机器人的学术研究中，有一个非常尴尬的悖论，就是科学家试图仿造人类来制造一个机器人，但实际上我们并不能够百分之一百地掌握人类自己的运动方式。毕竟全身那么多的肌肉和骨骼，每一个细小的组件都会在运动中扮演微妙的作用，我们用数学和物理的方法很难模拟出完整的人体运动轨迹。所以即便制造出来的机器人拥有着和人类相似的外形，拥有着同样的双腿和双足，但在机器人的关节处却没有肌肉，而是布满了齿轮和轴承等机械部件。可以想象，作用在机器人身上的控制方法，和人类是大相径庭的。以现有的技术而言，我们既没有办法模拟人类的行走方式，我们所研发出来的方法，也达不到人类那样优越的平衡性。

所以说，我们不能因为习以为常，就忽略了自己的身体是多么的精妙和优越。我们不仅要注重保护自己的身体，更要时常锻炼，让身体变得更健康、更强壮。

扁担长·板凳宽 ▪ 小高鬼 ▪

扁担长·板凳宽

"扁担长，板凳宽。板凳没有扁担长，扁担没有板凳宽。扁担要绑在板凳上，板凳偏不让扁担绑在板凳上。"

——经久不衰的绕口令在物联网1.0时代不仅成为现实，还成为了一件轰动全城的新闻，但很快就被科学家和官方证实为闹剧，并让人类进入了物联网2.0时代。

一

台灯赶在闹钟前一分钟，将少年恩迪从噩梦中叫醒，闹钟向微波炉发出五分钟后加热小米粥的信号，微波炉启动洗手间的温度感应器，刷牙杯里的水温要比昨天低一度，牙膏管得到羽绒被的情报，将0.8克的牙膏投放到牙刷上，温暖的羽绒被进入自动折叠模式，恩迪眯着惺忪的睡眠，被枕头和床垫联合推到床边。两只拖鞋得到枕头的信息，分别从床头和床尾移动到恩迪脚下，左脚拖鞋稍微慢了点，或许是因为昨晚恩迪将它踢飞出去时，弄伤了镶嵌在底部的纳米球。

　　飘雪的清晨，室外寂静无人，室内暗流涌动。凌乱的书桌上，碳纤维文具盒竟然被书包拒之门外，两者之间好似产生了一股强大的排斥力，即便是书包敞开欢迎的大门，文具盒以每分钟一米的最高时速，冲进仅仅相距半米的书包，也会被快速弹射出来。文具盒不会生气，只会重复之前的动作，哪怕它体内的智能感应钢笔、圆规、碳素笔、尺子等小东西被颠得粉身碎骨。但是在卧室门感知到恩迪即将走进来的一刹那，刚才的不和谐又都瞬间恢复正常，只有调节室内外温差亮度的夹心玻璃窗摄录下了这一幕闹剧，悄没声息地从感知层上传到了网络层暂存区。

　　恩迪走出家门，看到路灯像蛋黄般连成一条串珠，铺在洁白的雪地上，自动清雪机就像一条贪吃蛇，从路的尽头缓缓而来，吃下一堆雪，吐出一块方糖似的雪块。清雪机停在路灯下，为恩迪避让道路，恩迪不由自主地向它点头微笑，走进地铁站的瞬间，他突然想起来，自己为什么要向一台机器表达出人类的礼节呢？

　　温暖的地铁车厢里，熟悉的轻音乐让人忽视了超级地铁风驰电掣般的速度，一位年轻的爸爸为身旁的小男孩脱下脖子上的红围巾，小男孩依偎在爸爸怀里，手指轻轻撮了撮爸爸的橘色抓绒衣，耳边便响起温暖的故事。小男孩闭着眼睛，长长的睫毛抖动着。

　　多么温馨的画面啊！恩迪闭上眼睛，歪着脑袋，靠在硬邦邦的座椅上。十个月前，如果不是因为自己的过错，现在他也能像对面的小男孩一样，依偎在爸爸怀里。

　　"爸爸，地铁太快了，看不到路上的风景！"那一天，恩迪站在爸爸恩德的车子旁，撒娇道，"今天您既然经过我们学校，正好可以载我一程啊。"

　　恩德瞧了一眼车窗上的时间，潇洒地吹了一声悠扬的口哨，拉开后排车门，恩迪像只猫似的钻进去，在安全带将他扣好之前，立即关闭车门，生怕恩德会反悔。

　　窗外的风景的确很美，有鳞次栉比的摩天大楼、高过大楼的人工山林和云雾般的瀑布，以及穿行在楼与林之间的五层智慧交通网。城市之大，大得没有边界。

　　"爸爸，您为什么坐在驾驶座上啊？"恩迪要和爸爸说句话，需要伸长脑袋，这样才能看到恩德的后脑勺。

　　"因为你在车上啊！"恩德笑道。

　　恩迪瞧瞧车窗外川流不息的车流，噗嗤一声笑出来："无人驾驶技术可是世界上最安全的技术。"

　　"我当然知道，因为开车的不仅仅是汽车本身，还包括整个物联网大数据。"恩德对自己的车非常有信心，但他依然没有启动自动驾驶程序。

　　"哦！"恩迪悄悄解开安全带，从后排跨到副驾驶位置上。就在这时，意外发生了。

　　"恩迪！"爸爸转过头来对恩迪说。

　　"爸爸，小心！"

　　恩迪突然大喊一声——这一声吓坏了恩德。

　　公路中间的智慧交通护栏像驯兽师手里的钢鞭突然跳跃起来，径直抽打在车子上。顷刻间，车子像被激怒的狮子，凶猛地扑向前面正常行驶的一辆红色汽车……

恩迪被恩德拼命地压在怀里，惊恐的恩迪感觉到了死神降临，这场事故来得突然，撞得惨烈，瞬间发生又结束……恩迪睁开眼睛的那一刻，无意中瞧见了不可思议的一幕——一段银色护栏像一条银环蛇似的从完全变形的车身上"抽身溜走"。

恩德因危险驾驶导致汽车追尾，酿成一死一伤的重大交通事故，从而面临漫长而复杂的诉讼，律师说最好的结果是在十至十五年的有期徒刑中争取最短刑期，前提是巨额赔偿。无论结果如何，这场事故都毁了两个家庭，死去的那位女士也有一个和恩迪一样大的孩子。

在各种不利证据下，妈妈将恩迪发现的一幕作为最后的救命稻草，为了让恩德早一天回家，她顾不上恩迪，每天都在科技公司、交通部门、事故家属和律师之间寻找突破口，恩迪成了留守儿童，班级里的弱者。

二

二十公里的上学路，被超级地铁压缩成了十分钟路程。

恩迪来到校园，竟没有看到一片雪花，春树冬绿，花蕊挂枝，满园绿色，别样生机。校长先生看似正在校门口迎接学生们的到来，实则是恭候新闻媒体的采访，该校六年级的AI树社团，仅用半年时间就让校园花开四季，社团的下一个小项目将是"夜光树"。

课堂上，班主任秦老师号召学生们加入各种社团，最热门的就是AI树社团，校长希望"夜光树"项目留在小学校园，而不是白白送给隔壁的高级中学。

"我喜欢书法，笔走龙蛇，任我掌控！"同桌苏辛挥舞手臂，在面前比划了三两下，好像写了一个"书"字。

书的发音让恩迪想到了"输"，恩迪最近对"输"字很敏感。

"我要加入武术队，这可是目前最流行的传统运动！"前排的女生蓝姿明明是个大美女，却偏偏要做个女侠客。

"我早就打听过了，天使合唱团、UFO棒球队和最强辩手社的活动时间都不冲突。"后排的玄山同学做出天下我有的手势。

同学们窃窃私语，谈论自己的兴趣爱好，唯有恩迪没有心思想这些事，他只想每天下午回家后，让妈妈能够早早地看到他平安在家。

"喂，恩迪，你报哪个社团啊？"苏辛很关心自己这个一言不发的同桌。

恩迪摇摇头，右手杂技般地转动着碳素笔。

"恩迪，学校可没有转笔社啊。"玄山将半个身体探到恩迪和苏辛中间，"你加入最强辩手社吧，说不定将来可以当一名大律师呢！"

"玄山！"苏辛瞪了一眼玄山。

玄山急忙缩回去，一眼瞧见了走过来的秦老师。

"恩迪，你思维活跃，专注力、记忆力和学习能力都很强，老师推荐你加入AI树社团。"秦老师摸着恩迪的肩膀，恩迪感受到了一份压力和信任。

这一天，恩迪成为四年级（1）班唯一选择AI树社团的学生。等到去报到的时候，他才知道为什么没人愿意加入这个令学校引以为荣的社团。

社团设在学校图书馆后的花房里，幽静中的偏僻之地，仅有的十一名社员中，唯一的女生艾可丝是团长。加入社团需要经过面试，录取率被校长一再争取后，提高到百分之五。恩迪之前，已经有十几位面试者被淘汰出局，但没有一个是难过惋惜的表情，反而觉得没被录取是一种幸运。

轮到恩迪时，他被要求坐在艾可丝对面。这位穿着茶绿色T恤衫的大眼女生，用一种不屑的眼神注视着木讷的恩迪，一股子装出来的高冷范儿。

艾可丝两旁各坐着一位戴眼镜的大男孩，他们穿着橄榄绿的社团服，酷酷的眼神游离在恩迪拘谨的深灰色运动服上，看不出有未来科学家的气质，倒像是两个审判者，令恩迪有些反感。其他八位社员像是陪审团似的坐在一起观看面试过程。

"恩迪，书包可以放下。"艾可丝轻声说。

恩迪无动于衷，他记录过之前面试者的时间，最快一分钟，最慢三分钟就会"幸运大逃亡"。

"好吧！现在开始面试。"艾可丝耸耸肩，转动左手中的铅笔，直接说道，"怎样让一个物联网依赖症患者摆脱物联网？"

恩迪知道在物联网2.0时代，城市越发达，人类与物联网之间的黏合度就越高，谁也摆脱不开物联网对人类的帮助，或许这是一个脑筋急转弯的题。

恩迪抬起眼皮，看向三位等待答案的同学，喃喃道："如果有三个问题，那就一次问完！"

艾可丝莞尔一笑，说："第二个问题，你喜欢AI树社团吗？"

恩迪觉着这个问题不该放在第一个问题之后，他习惯性地沉默着。

此时，沁人心脾的栀子花香弥漫在空气中，气氛有些紧张。

"最后一个问题！"艾可丝推给恩迪一张纸，上面有两行字，五秒钟后，她将纸翻转过来，背面是恩迪的资料信息。

艾可丝从容不迫地问道："你能背诵下来吗？"

"扁担长，板凳宽。板凳没有扁担长，扁担没有板凳宽……"这是一则十年前的新闻核心内容，那时恩迪还没出生，但自从爸爸陷入这场诉讼之后，他就特别注意这则被人遗忘的旧闻。

"你很聪明，不回答前两个问题，就是这一个问题的答案。"艾可丝兴奋地笑道。

"我们希望再次见面，直到得到答案。"恩迪将艾可丝发给他的社团服塞入书包，匆匆离开学校，然后乘坐地铁回家。

三

书桌上，台灯下，文具盒被书包无情地推出去，一次不成，再来两次，可是这件橄榄绿的AI树社团服就像一张弹性十足的防护网，将文具盒一次次拉扯回来。书包和文具盒感知到了共同的敌人，它们将射频识别标签采集到的信息通过感知层上传到网络层，经过自主编码和设计，将一段攻击指令从智能应用层发射给了钢笔和圆规。文具盒自动打开，攻击一触即发，一场看不见的战斗在书包世界里默默打响。五分钟后，文具盒成功突围，T恤衫的前心后背处出现了两个直径十厘米的窟窿。

真实的冬季在人造的春天中缓行，恩迪的每个不眠之夜都会梦到那场车祸，他对所有的事物都没兴趣，但当他打开书包，发现这件T恤衫竟然是破的，还是对艾可丝感到了愤怒。

第二天，他先于台灯起床，各种固定仪式完成后，急匆匆来到学校，找到六（2）班教室，好不容易才等到傲娇的艾可丝悠闲地走出教室。

恩迪将艾可丝拉到一旁，说清了自己的来意，并气呼呼打开书包，让她看看破烂的社团服。

艾可丝下意识地将恩迪的书包摁下去，小声说了一句"跟我来"，便快步走向花房，身后跟着迷茫的恩迪。

花房的内部有社团实验室，艾可丝将社团服放在扫描桌上，打开电脑，快速输入一串令人眼花缭乱的密码，进入一个网络界面，快进了一段视频后，便出现衣服在书包里遭受攻击的画面。

"啊，你，你这是——"恩迪知道在衣服里植入柔性芯屏拍摄器是非法行为。

"终于逮到了罪证！"艾可丝并不理会恩迪，她将书包里的东西全部倒在桌子上，两台摄录机从不同角度监视着文具盒、书包等物品，"我怎么会给你一件破衣服？这件事另有蹊跷。"

与此同时，她还非常熟练地侵入到恩迪家的物联网系统，找到了窗户玻璃内隐藏的那一段书包和铅笔盒打斗的视频，这些画面看得恩迪目瞪口呆。

"你知道吗，物联网已经有了自主意识，它们会相互排斥，甚至会攻击人类！"艾可丝小心翼翼地说，"我们没有证据，谁也没有证据，AI树就是我的监视器，就是——"

恩迪愣愣地望着陌生的艾可丝，对她的话却并不感到意外。

"十年前，爸爸实验室里的一张自动座椅被一条防暴警棍误判为危险级，便将其缠绕起来，座椅连同爸爸一起从楼上破窗而下，幸运的是楼层不高，爸爸伤势不重。"艾可丝讲述她的故事，"后来，爸爸被公司解雇，并鉴定为精神分裂，说那场闹剧是他自导自演。"

"所以你在收集物联网具有攻击性的证据！"恩迪预感到爸爸的官司有希望了。

"是我们！"艾可丝笑得很神秘，"你爸爸的事情，我早知道了。"

久违的笑容浮上恩迪嘴角，他仿佛看到了爸爸回家的画面……

寒冬变得不再漫长，恩迪的生活充满挑战。转眼冬去春来，AI树社团根据植物纳米电子学研究成果，在石榴树中成功植入荧光素分子，为树木浇灌了适应性电子肥料……植树节前夕，推出的"夜光树"项目在校际联盟科技大赛中荣获一等奖，深受广大师生欢迎，有一百位家长认领了夜光树，并将其栽种在家门口。

两个月后，恩迪终于在艾可丝家里的地下室见到了她的爸爸，同时，摆放在那里的一组规模庞大的数据分析器震撼到了恩迪。

"孩子，别担心，我的家还处在互联网时代。"艾可丝爸爸为恩迪搬来一把椅子。

"放心坐吧！"艾可丝坐到恩迪身旁。

"公路上的护栏已经换了，要想找到它们具备攻击性的证据，就要有案发时的影像记录！"艾可丝的爸爸说出他的计划。

恩迪凝视着一脸沧桑的男人，他和妈妈至今没能找到与车祸相关的任何视频证据。

男人走到一面绿色的帷幕前，笑道："我需要你的表演和配音！"

恩迪终于明白了，艾可丝爸爸是要通过电脑合成特效的办法，制作一段当时的现场影像，因为那份诡异的作为关键证据的行车记录画面在案发当时就没有了。

一周后，网络上出现了一段真实无比的事故画面，车祸的起因竟是智能交通护栏向汽车发起攻击而导致的。视频立即引起一场轩然大波，瘟疫般地传播开来。紧接着，又有网友陆续上传了一些物联网设备具备自主思维和攻击性的小视频，其中包含一段太阳能路灯拍摄于一年前的交通事故画面——成为了判定恩德无罪的有力证据。

儿童节这一天，恩迪收到了爸爸亲自送来的新书包。艾可丝的爸爸却因影响网络安全等罪，被送上法庭。有意思的是，曾经强加给他的精神鉴定报告让他免于惩罚。之后不久，越来越多的人和社会公益组织奔走呼吁，为物联网3.0时代建立新秩序。

人类对人工智能时代充满自信，因为科技之美，美在服务于人，而不是像绕口令"扁担长，板凳宽……"陷入相互攻讦之中。

拥抱万物互联的世界

顾备

清晨，当闹钟响起，窗帘自动拉开。根据天气预报和今天日程安排，智慧衣橱已经准备好衣物，送到床前。主人掀开羽绒被，打了个哈欠，羽绒被一边自动折叠，一边通知牙膏管可以挤牙膏到牙刷上了。拖鞋感知到室温有点凉，自动调热了鞋里的温度，为主人伸进来的脚带来适当的温暖。微波炉热好了小米粥，机器人把它推送到餐桌上，主人刚一落座，AR视频就开始播放当日新闻。

这些场景，大家是不是觉得有些科幻？其实，这一切正在或将要变成可能。如此种种，靠的是什么呢？答案就是物联网。物联网的英语叫作IoT（Internet of things），即万物互联之意。

最早提出物联网概念的是微软总裁比尔·盖茨，他在1995年出版的《未来之路》一书中，提出了许多非常具有前瞻性的科技发展方向，比如电子支付、电子地图、电子购物、电子定位、AI换脸等，很多技术如今都已成真。在这本书中，物联网也是他提出的无数技术创新可能之一。

1998年，美国麻省理工学院创造性地提出了EPC（electronic product code），即电子产品代码，它让每个物品都可以拥有一个开放式的、具有全球唯一标识的编码，就跟我们每个人的身份证或护照号一样。

1999年，美国Auto-ID公司首先提出物联网这个概念，其主要建立在物品编码、无线射频识别技术和互联网的基础上。

2003年，美国科技商业杂志《技术评论》把传感网络技术评为未来改变人们生活的十大技术之首。

2005年，在突尼斯举行的信息社会世界峰会上，国际电信联盟发布了《ITU互联网报告2005：物联网》，声称：无所不在的物联网通信时代即将来临，世界上所有的物体，从轮胎到牙刷、从房屋到纸巾都可以通过互联网主动进行信息交换。

那么，物联网究竟是什么呢？

物联网技术主要包括三个层面，即传感器与数据采集、无线通信和软件应用层。

在传感器与数据采集方面，物联网设备能通过各种传感器、感应器、采集器、摄像头、射频识别技术、全球定位系统等，采集相应的声、光、热、电、力学、化学、生物、位置、图片、影像等各种所需的信息。而另一个则是微机电系统（micro-electro-mechanical systems），它是在芯片制造工艺大幅提升和微电子电路技术高度发展之后才诞生的新技术，由微传感器、微执行器、信号处理和控制电路、通信接口和电源等部件组成一体化的微型器件系统，可以把信息的获取、处理和执行集成在一起。

无线通信主要解决的是数据传输问题。经过处理后的数据会通过各类可能的网络接入，完成数据的传输和交互。M2M（machine-to-machine/man），是以机器终端智能交互为核心的、网络化的应用与服务。作为万物互联的核心，其目标就是实现直接端到端的智能化控制。基于云计算平台和智能网络，一个由物联网终端设备聚集而成的群组，可以依据传感器网络获取环境数据和行为数据，然后进行决策，对群组内对象的行为进行控制和反馈。

软件应用层则是基于所有收集并经过初步处理的数据，在应用层面，结合不同的应用场景，完成人、环境、信息的直接交互与管控。物联网在经过数十年的发展之后，已经不仅仅是一门单一的技术领域，其核心无疑是应用层面究竟能带来什么样的生产价值或社会价值。

未来，随着分布式存储、窄带通信、区块链、边缘计算、人工智能和5G技术等多个前沿科技的突进式发展，一个属于物联网的世界也终将被创造出来。人们在欣喜之余，也有隐忧。那些设备会不会像科幻小说里面写的那样，产生自我意识？会不会因为自主思维而产生攻击性？这些都无从定论，一切皆有可能。

当前，互联网每天都在产生大量的数据，而随着物联网的进一步发展，物联网终端设备越来越多，数据量也越来越大。比如，智能手机、智能手表、定位系统、智能电表、智能水表、智能安防系统里的防盗传感器、安防摄像头、烟雾报警器等，智慧家居中可控的空调、灯具、微波炉、洗衣机等，物联网终端设备已经无处不在。根据调查，2016年全球物联网终端设备已达148亿台，预计年复合增长率会高达20%，到2020年，全球设备总量将超过300亿台，随着技术的进一步发展，甚至会超千亿台。

而与此同时，根据联合国的预测，2020年世界总人口将处于73亿至85亿之间。跟物联网设备比起来，全球人口的数量显然没法比。

现在的互联网，再加上物联网搜集来的数据，那简直就是一个真正海量的数据库，这就像地球46亿年前的原始海洋，而这个由数据构成的原始海洋还在继续沉淀数据，积聚能量。人工智能的深度学习究竟会从这片原始数据海洋中汲取什么样的营养物质，现在的我们无从知晓。在这片原始海洋中是否会诞生新的数字生命，我们依然无从知晓。

尽管还有很多问题亟待解决，但科技不会停下它发展的脚步。万物互联的大门正在慢慢打开，引领我们走进新的世界。

图书在版编目（CIP）数据

万物互联 / 江波等著；吴岩，尹传红，顾备主编 . —
上海：少年儿童出版社，2020
（科学家带你读科幻）
ISBN 978-7-5589-0956-6

Ⅰ . ①万… Ⅱ . ①江… ②吴… ③尹… ④顾… Ⅲ . ①幻
想小说—小说集—中国—当代 Ⅳ . ① I247.7

中国版本图书馆 CIP 数据核字（2020）第 125760 号

科学家带你读科幻

万物互联
刘慈欣 顾问

吴 岩 尹传红 顾 备 主编
江 波 等著

布克舒先生 绘图
陆 及 装帧

责任编辑 刘 婧 美术编辑 陆 及
责任校对 黄亚承 技术编辑 许 辉

出版发行 少年儿童出版社
地址 200052 上海延安西路 1538 号
易文网 www.ewen.co 少儿网 www.jcph.com
电子邮件 postmaster@jcph.com

印刷 天津旭丰源印刷有限公司
开本 890×1280 1／32 印张 7.375 字数 147 千字
2022 年 3 月第 1 版第 2 次印刷
ISBN 978-7-5589-0956-6／I·4629
定价 36.00 元